Né en 1950 au Maroc, Abdelhak Serhane, figure majeure de la littérature maghrébine d'expression française, est notamment l'auteur de *Messaouda* et du *Deuil des chiens*.

Abdelhak Serhane

LES ENFANTS DES RUES ÉTROITES

ROMAN

Éditions du Seuil

TEXTE INTÉGRAL

ISBN 978-2-02-056475-5
(ISBN 2-02-009120-8, 1re publication)

À ma mère la vie
À ma femme l'espoir
Et l'amour à mes enfants
À mon frère Hamid
Né de la dernière pluie
Témoin du rire confisqué
Et de la nostalgie
À mes sœurs-miroir du passé
Dont le rêve déchiré
Fut abandonné sur une terre d'exil
À Widad née orpheline d'un père indigne

À mes amis Claude et Gilles Carpentier
je dis le chant d'un oiseau
et le regard d'un enfant
À El Haj Barrada et à sa femme Khadija
À Edmond Amran El Maleh et à Marie-Cécile
je dis la terre fêlée de mes blessures
l'ombre grise d'une mémoire tourmentée
et le plaisir d'un sourire
À T. Ben Jelloun, à J.-M. Borzeix, à A. Laâbi
je dis un coin du ciel bleu
et un rayon de soleil
À Pierre Tap
je dis ta Lumière est un chant de promesse
jetée sur mon exil
À Ch. et B. Macret, à A. Iallaten, à M. El Gherbi,
à B. et J. Vire, à A. Jouhid et Amina, à M.-F. et
A. Dubois, à Karima et Jaouad, à Fethi, à M. Malki, à S. Pey...
je dis le bonheur d'une amitié

À tous les autres
je dis le chant d'un espoir
Un espoir couleur de l'arc-en-ciel
Parfumé à l'ambre et à l'eau de Rose.

Tu ne comprends pas : les autorités adorent qu'on dise quelque chose d'elles, en mal ou en bien, dans mon style... ça les amuse, le beau jeu démocratique... Or, dans ton cas, tu es trop près de la vérité. Et crois-moi sur parole, la vérité n'entre pas dans le jeu de la démocratie.

SONY LABOU TANZI

> Que pèsent mes mots en syllabes latines (et même si elles étaient arabes) sur la terre fêlée d'un bidonville, sur le tissu de cette réalité qui m'obsède, cette réalité qui va au-delà des mots : l'injustice, la violence, la lutte pour la survie ? N'est-ce pas de l'insolence que d'écrire ? Alors j'assume cette insolence tout en étant conscient des risques. Les risques ? Vouloir traverser la vie avec une horde de mots. Et les mots sont dangereux.
>
> TAHAR BEN JELLOUN

Les recherches s'étaient poursuivies toute la journée, puis toute la nuit. À l'aube, les hommes qui étaient allés fouiller du côté de la montagne arrivèrent au village et se dirigèrent vers la demeure de Bouchaïb. Lalla Rabha leur ouvrit et se mit aussitôt à hurler, à se griffer le visage jusqu'au sang. Les voisines avaient accouru pour assister la malheureuse qui, à force de coups et de cris, perdit connaissance au milieu de la foule. Les autres, en écho au malheur qui avait frappé la famille, se mirent à leur tour à hurler et sangloter en chœur. Bientôt des lamentations s'élevaient de tous les côtés. La nouvelle avait fait le tour du village en un instant. À l'intérieur de la petite maison, les femmes pleuraient. Celles qui étaient dehors se posaient des questions, sans hésiter à accuser la famille.

En jouant des coudes, un homme vigoureux se fraya un chemin à travers les corps en transe. Il s'avança jusqu'au milieu de la pièce et déposa le cadavre d'une jeune fille sur une couverture de laine grise. La robe de la fillette était déchirée à hauteur de la poitrine, libérant un sein blanc et dur. Son visage d'enfant était blanc, lui aussi, les lèvres rongées par l'acide. Sur le tissu de la robe et sur ses jambes, du sang avait séché.

Le médecin légiste conclut au suicide : « Aujourd'hui, 6 avril de l'an 19... nous, médecin-chef de l'hôpital d'Azrou, certifions le décès de Amina, 14 ans, fille de Bouchaïb et de Lalla Rabha. La mort, survenue à la suite de l'absorption d'une forte dose d'acide chlorhydrique, remonte à la nuit du 4 au 5 avril 19...

Fait à Azrou le... »

En se donnant la mort, la jeune Amina était sortie du droit chemin de l'Islam. Elle serait donc privée de tous les honneurs religieux.

Au moment de son enterrement, l'imam s'arrêta à la dernière tombe du cimetière, se saisit du bâton et le lança de toutes ses forces dans la direction opposée au levant. On creusa un trou pour Amina, dans la honte et la malédiction, loin des cadavres musulmans, là où le bâton était tombé.

Avant l'arrivée de son invité, ton père s'isola un moment dans le coin-cuisine avec ta mère et lui fit ces recommandations :

« Écoute-moi, femme ! Sid El Haj El Barakat ne tardera plus maintenant. Je veux que tu le reçoives avec des you-yous, comme d'habitude. Il est notre espoir, tu le sais. Cette fois, il m'a juré, sur la tête de ses enfants, que l'affaire est presque conclue. Ce n'est plus qu'une question de temps. Ces choses-là ne se font pas comme ça. Il faut savoir patienter, femme ! Dieu finit toujours par récompenser ses fidèles. Sid El Haj a téléphoné à son oncle qui tient un grand restaurant à "Baris". Il est d'accord pour m'envoyer un contrat. Il a téléphoné devant moi de son bureau. Sid El Haj est un homme d'honneur. J'ai entendu leur conversation. Il m'a passé une drôle de petite boîte que j'ai posée sur l'oreille, j'ai entendu la voix de l'oncle. Entre nous, il parle très mal notre langue. Il paraît que tous ses enfants sont nés là-bas. D'après sa voix, c'est un homme important. Ces choses-là, je les sens. Tu peux dire adieu aux jours sombres, mère de Rahou. Je sens que nous allons devenir riches. Prépare-toi à la belle vie, femme ! J'irai travailler là-bas et je t'habillerai d'or. Tu verras de quoi est capable ton mari !... »

Tes frères et sœurs regardaient sans rien dire. Eux aussi rêvaient à une vie meilleure. Tous ces travailleurs de là-bas qui revenaient pour les vacances dans de belles voitures, du fric plein les poches ! Parfois même, ils ramenaient de ces femmes à la peau blanche et aux yeux couleur de mer. Quand l'espoir naît de la misère, le rêve fait perdre la tête. « Là-bas », il pleuvait des pluies d'or et d'argent. Les gens n'avaient qu'à se baisser pour ramasser les trésors de Dieu. Certains, affirmait-on, étaient si riches et si fiers qu'ils ne se baissaient même plus. Ils laissaient ça à ceux qui arrivaient d'ailleurs et qui n'avaient rien. Le rêve devenait gigantesque, à la mesure de la misère. L'argent hantait votre sommeil et vos songes, au rythme de votre souffle. Et quand on se réveillait, on croyait vivre un cauchemar. On se rendormait alors pour échapper au vide, pour retrouver le rêve bleu des gens qui n'avaient qu'à se baisser pour ramasser les trésors de Dieu. Tu regardais toi aussi sans rien dire, malgré ta position privilégiée de fils aîné. Tu apprenais tes leçons dans un coin. Le feu était allumé au *kanoun*. Quand tu obtiendrais ton baccalauréat, tu prendrais ta revanche sur cette vie. Tu irais ailleurs. Tu ferais comme ton cousin Ali. Tu étudierais. Tu épouserais une étrangère et tu t'oublierais dans son corps blanc. Tu enverrais de l'argent à ta mère, mais tu ne retournerais plus jamais au pays... Pour l'instant, tu attendais, ton rêve soigneusement enfermé dans ta tête. Tu fis semblant de n'avoir rien entendu. Indifférence ou peur ? Si tu intervenais, tu te disputerais avec le *chlbuni* au sujet de Sid El Haj. Tu avais ton opinion sur cet homme-là. La première fois que tu avais dit ce que tu pensais de lui, ton père t'avait battu avec son ceinturon en criant :

« Fils de l'adultère ! Fils du Diable ! Tu as grandi à présent et tu te crois capable de tout changer avec ta philosophie de chien, sans aucun respect pour les adultes et l'autorité. Je ne t'ai pas envoyé à l'école pour apprendre la désobéissance. Tu es né d'hier et tu veux déjà nous dicter ce que nous avons à faire ? L'école t'a déformé, fils de la veuve ! Mais c'est la faute de ta mère. Elle te gâte. C'est elle qui insiste pour que tu continues à perdre ton temps à l'école au lieu d'aller travailler pour nous aider. Je suis fatigué, moi ! Je ne peux plus nourrir neuf bouches à moi tout seul ! Il faut que tu ailles gagner ta vie ! Tes épaules sont aussi larges que les miennes à présent, et ta langue est celle d'une vipère ! Si Sid El Haj t'entend et te maudit, tu es foutu. Tu iras en enfer les yeux fermés car c'est un homme saint. Sa bénédiction vaut celle d'un marabout et sa parole celle de tous les hommes du village. Tu entends ? Tu n'es rien qu'un minable, un maudit et un traître. Va ! Je te laisse Dieu. Je te maudis dans ce monde et dans l'autre monde car tu m'as assassiné !... »

Ton père bavait de rage. Ta mère, tes frères et tes sœurs s'étaient réfugiés chez la voisine car, dans sa fureur, ton père battait tout le monde. Comme il n'y avait personne d'autre, cette fois-là, pour partager les coups, il t'aurait tué si quelques voisins n'étaient alors intervenus. Tu saignais du nez et de la bouche. Tes dents de devant étaient cassées.

Ta mère écoutait une fois de plus le triste projet de ton père, mais elle ne croyait plus aux promesses fripées de Sid El Haj. Pour la première fois, elle osa dire à son mari le fond de sa pensée, au risque d'être traitée de révoltée. Elle n'en pouvait plus de le voir s'accrocher avec acharnement à un espoir qui allait s'amenuisant.

« Depuis le temps ! dit-elle. Tu ne crois pas qu'il est en train de se moquer de toi ? Ouvre les yeux ! Cela fait deux ans que tu paies pour des promesses, et il n'a rien d'autre à t'offrir. Si tu veux continuer ce petit jeu, fais-le sans moi ! Je suis fatiguée d'attendre. Je ne veux plus parler de ce mirage. Ne compte plus sur moi pour partager avec toi cette illusion. »

Ton père devint blanc comme un linge. Il sentit le monde s'écrouler autour de lui. Que penseraient les voisins s'ils entendaient ta mère parler ainsi ? Ton père n'était donc plus un homme, s'il n'imposait aux siens le respect qu'ils lui devaient. Sa tête chauve s'alourdit soudain. Les mots de sa femme lui avaient donné le vertige et sa vue s'embrouilla. Le sol devenait mou sous ses pieds, comme s'il s'enfonçait dans la honte, sans pouvoir s'accrocher à quoi que ce soit. Quel destin tragique que celui des hommes qui tenaient dans le creux de leur main le sort des femmes et des enfants, et, dans le poids de leurs testicules, le secret de leur pouvoir ! Cette virilité héritée de ses ancêtres était remise en question en cet instant douloureux.

Ta mère ne lui avait jamais parlé sur ce ton. Obéissante et douce d'ordinaire, elle était épuisée et voilà qu'elle l'abandonnait au moment où il avait tellement besoin de son aide ! Qu'allait penser Sid El Haj de cette attitude ? Il était dangereux de provoquer la colère de cet homme. Lui seul était en mesure de concrétiser ce rêve d'or et d'argent. Dans de superbes vêtements, il roulerait en Peugeot ou Renault. Il ferait construire une belle maison dans le quartier des riches. Il deviendrait un homme important, respecté. Sa tête chauve était pleine à craquer de pièces de monnaie. Personne n'avait le droit de le priver de son rêve fabuleux. Pas même sa femme.

« Je t'en conjure, femme ! supplia-t-il. C'est la dernière fois ! Je te le promets, au nom de Moulay Abdelkader Jilali. Reçois-le avec déférence au nom du salé et du non-salé, du chaud et du froid que nous avons partagés ! Je sais qu'il est sincère. Lui seul a le pouvoir de nous faire sortir de la misère. Demain, tu oublieras tout ça quand je t'apporterai de belles choses de là-bas. Rien que cette fois, femme ! Fais-le pour moi, pour les enfants ! »

Longtemps, il supplia de la sorte. Quand ta mère leva les yeux, des larmes de désespoir coulaient sur le visage bouleversé de honte de ton père. Pleurant à son tour elle voulut le rassurer.

« Je ferai ce que tu demandes. Mais je n'ai plus d'espoir de ce côté-là, sache-le bien ! Je n'ai plus aucune confiance en cet homme ! Tu ferais mieux de l'oublier et de chercher un travail convenable. Pourquoi, mon Dieu ? Pourquoi faut-il que ça nous arrive à nous ? »

Profondément déçu, tu mâchais ta rancœur dans ton coin. Pour ne pas assister plus longtemps à cette mascarade, tu plias ton cahier, le rangeas sous la peau de mouton et te faufilas vers l'extérieur. Je te vis passer rasant les murs. Je ne t'appelai pas. Dans tes moments de détresse, j'avais pris l'habitude de t'éviter, car tes larmes m'exaspéraient. Je me disais qu'en de tels moments la solitude était un bon remède. Je savais que tu me raconterais tout. N'étais-je pas ton ami ?

Au milieu de la rue pleine de poussière et de soleil, tu fus happé par une troupe de musiciens. Ils accompagnaient les cadeaux de mariage que Jbilou avait offerts à sa fiancée et qui étaient disposés sur une charrette tirée par un cheval aussi gros qu'un âne : cinq kilos de henné de Tan Tan ; cinq cierges de Moulay Driss de Zerhoun contre le mauvais œil ; cinq kilos de dattes de Moulay Ali Chéif.

Sur une deuxième charrette, deux djellabas étalées dans le sens de la longueur, deux voiles noirs, deux paires de draps, deux paires de chaussures à talon haut, deux paires de chaussettes à rayures, deux mouchoirs à carreaux, deux slips et deux soutiens-gorge de couleurs variées.

Sur une autre charrette, tirée par un homme, on avait placé un sac de farine, un sac de pains de sucre, un bidon d'huile de cinq litres, un seau de miel et un seau de lait pour que la vie des futurs conjoints soit aussi délicieuse que le miel et aussi blanche que le lait. Une jeune adolescente dansait entre lait et miel au rythme frénétique des tambourins, au claquement métallique des castagnettes et aux trilles aigus des *Ghaïtas*. Suivait un veau solidement attaché par une corde enroulée autour de ses cornes. Un jeune homme un peu frêle tirait sur la corde. Un autre tordait la queue de la bête pour la faire avancer tandis que des bambins s'amusaient à lui enfoncer des bouts de bois dans les côtes en hurlant de joie et en courant en tous sens.

Derrière les charrettes, un homme trapu et musclé tenait un roseau long de trois mètres environ et fendu en deux dans le sens de la longueur. Dans la rainure, on avait glissé une vingtaine de billets de cent dirhams qui constituaient le montant de la dot offerte à la mariée par son futur époux. Une feuille blanche terminait la file des billets et on pouvait y lire :

« Nous soussignons, docteur en médecine générale, attestons avoir procédé à un examen médical minutieux et approfondi sur la personne de Mademoiselle Aïcha, aujourd'hui 1er avril de l'an 19.. Nous certifions qu'elle est encore vierge et apte au mariage. »

Suivaient la signature et le cachet du médecin assermenté.

Tu essayas en vain d'échapper à cette foule qui t'enveloppait de tous côtés. Tu te surpris même en train d'applaudir et de chanter comme les autres, et cela te fit rire aux éclats. L'homme qui était à côté de toi te lança un regard mauvais :

« Ris de ta mère, fils de pute ! Ici, on chante, on danse, mais on ne rit pas. On se demande d'où vous sortez.

De sous la terre peut-être ? On était quinze en quittant la maison. On est déjà plus de deux cents et le chemin est encore long. Que Dieu arrache la racine des écornifleurs et des pique-assiette. Vous n'avez pas honte ? Vous ne respectez plus rien ni la vieillesse ni l'honneur. Dieu fasse que nous découvrions nos défauts avant que les autres les découvrent ! »

Tu ne répliquas pas. Tout en parlant, l'homme avait remonté les manches de sa chemise et tu avais pu observer l'état de ses biceps. Tu t'éloignas prudemment. Je te perdis de vue.

Une fois soulagé, ton père embrassa ta mère sur le front et pria Dieu de prolonger sa vie. Après tant d'efforts et d'argent gaspillé, il serait ridicule d'abandonner ! La France était son espoir, son destin. Et ce contrat, ce passeport promis par Sid El Haj un symbole, la fin de la misère quotidienne. Ton père avait sept gosses et un travail temporaire dans une briqueterie. Comme son travail se faisait à ciel ouvert, seul le beau temps lui permettait de grappiller quelques sous. Souvent, il était en « chômage technique » et attendait avec impatience que la pluie cesse pour que les siens ne crèvent pas de faim.

El Haj M'barek, le propriétaire de la fabrique, lui donnait dix dirhams pour une journée de travail, de sept heures du matin à sept ou huit heures du soir. Ton père avait droit à une heure de pause au milieu de la journée pour déjeuner et faire sa prière. Il travaillait donc ses dix, onze heures par jour à un dirham de l'heure, comme tous ceux qui n'avaient pas eu la chance de frotter leurs fesses sur les bancs de l'école ou qui n'avaient pas un parent bien placé dans le *Makhzen*. Avec cette somme, il achetait son bouquet de kif quotidien. Soit deux dirhams cinquante. Et le prix de la chose augmentait sans cesse. Le reste, c'est-à-dire sept dirhams cinquante, il le confiait à ta mère qui s'en arrangeait pour nourrir neuf bouches et s'acquitter du prix du loyer. Ta famille partageait la maison avec trois autres familles du même statut social. Une pièce-cuisine pour chaque famille ! La vie n'y était pas facile. C'est pourquoi ton père avait été enthousiasmé par Sid El Haj. Aller en France. Travailler et gagner beaucoup d'argent. Oublier la misère et les jours sombres, l'ordure et les nuées de mouches qui vous crèvent les yeux dès qu'il commence à faire chaud et vous quittent seulement après un dernier assaut à l'approche de l'hiver. C'est affreux, les mouches quand elles surgissent du malheur des gens ! C'est affreux, les gens quand ils ressemblent à leurs mouches !

Tu ne réussis pas à t'extraire de la foule. M'étant approché, je te vis à nouveau derrière la charrette qui transportait les seaux de lait et de miel. Tu te trouvas immergé dans cette foule ivre de musique et de danse, au milieu de ces corps si proches les uns des autres, dans une promiscuité dangereuse, près de ces gens qui tous rêvaient un peu du viol qui aurait lieu le soir même, voyant déjà le sang gicler. Tu étais toi et l'autre à la fois, unique dans un corps multiple, dans une même mémoire. Ainsi retrouvait-on le plaisir de la chaleur humaine et de la sécurité.

Pour ma part, j'étais persuadé que tout cela favorisait en nous un penchant à l'homosexualité. Mes amis prétendaient que je voyais le mal partout. Pour échapper à l'angoisse, disaient-ils, mieux valait ne pas se poser tant de questions. J'étais une âme inquiète. Pourquoi vouloir comprendre ce qui se passait en moi et autour de moi ? Ces choses-là, ajoutaient-ils, ne s'expliquent pas. Mais, moi, j'étais mal à l'aise dans ce qui est trouble. Rien n'avait plus d'importance pour moi qu'un regard franc ou une parole sincère. Nous vivions dans l'obscurité laiteuse des adultes, acceptant leurs silences oppressants et leur vide sonore. Nous étions des pantins dans un théâtre d'ombres.

La jeune fille qui dansait sur la charrette était belle et ses jambes dorées te faisaient rêver. Le vertige te prenait à chaque coup de reins. Quelques garçons téméraires s'étaient hissés sur le bord de la charrette. De là, la vue était plus précise. Un passant assez âgé s'arrêta et, avec des manières de vieille femme, lança dans la direction de la jeune danseuse :

« Fais tourner ta roue, ma fille ! La rue offre le meilleur des spectacles. Fais-la tourner puisque tu n'as pas de parents capables d'assurer ton éducation. Il n'y a plus de honte, plus de pudeur, plus de respect. Et on s'étonne que la prostitution batte son plein, qu'il ne pleuve plus, que les mosquées soient vides, que le père abandonne ses enfants, qu'Agadir soit entièrement rasée par le tremblement de terre, que les enfants s'adonnent à la drogue et à la boisson. Fais tourner ta roue, ma fille ! Et demain, les tiens s'étonneront qu'aucun homme ne se présente pour demander ta main. Tu deviendras alors vieille fille et donneras ton cul pour un sou au premier venu. Tu découvres aujourd'hui tes fesses et ton visage à la rue, demain Dieu fera brûler toutes ces parties que les hommes ont vues. Et peut-être, ton père est-il présent dans la foule. Il assiste à l'orgie. Les Anges d'Allah sont en train de le maudire. Et il ira en enfer. Vous irez tous en enfer car vous blessez notre regard et notre conscience. Vous précipitez le monde dans la folie. Quelle époque, *Yalatif !* Bientôt, les gens s'accoupleront dans la rue comme les chiens. Qu'avons-nous fait à Dieu pour mériter une jeunesse pareille ? Plus de pudeur, mon Dieu ! Et il n'y a même pas de *Makhzen* pour arrêter ça. Quelle honte !... »

Le cortège passa dans un nuage de poussière. Le vieillard continua longtemps son discours que personne n'écoutait plus. Tes yeux étaient rivés sur les fesses de la jeune danseuse. Les miens aussi. À chaque coup de reins, les seins remuaient et les jambes dorées échappaient au kaftan brodé par les larges ouvertures qui montaient à mi-cuisses. Je me sentais agressé par ce corps farouche. Corps qui bougeait. Corps qui dérangeait par sa jeunesse et sa souplesse. Corps qui éveillait le feu des sensations et donnait consistance aux visions de rêves. Tu eus soudain le cœur serré. Ta respiration devint difficile. Des convulsions naissaient au bas de ton ventre et t'envahissaient tout entier. L'envie te prenait de sauter sur ce corps provocant. Le désir gonflait ta chair et broyait tes tripes. Ton désir rejoignit le mien dans une amertume délicieuse. Tu fermas les yeux et j'imaginai le sexe de cette fille, son nombril, ses seins. Une émotion étrange s'empara de moi. La jeune fille était nue dans mon regard. J'avançai la main lentement. Je frissonnai quand mes doigts s'accrochèrent à une touffe de poils. Les yeux fermés, j'avançai dans mon rêve, rencontrant des odeurs fortes. Mais le corps fuyait, il m'échappait, il t'échappait, nous écorchant à vif. Cette fête n'était pas pour toi, ni pour moi. Ni pour elle. Nous courions tous deux après notre désir. Un violent coup de bâton vint mettre fin aux visions. Honteux, je retirai la main pleine de bave de la gueule de l'animal. Je m'éloignai un peu de la bête et lançai un regard furtif dans ta direction. La voix rauque d'un chanteur, accompagnée de you-yous stridents, t'obligea à ouvrir les yeux et à quitter ton rêve au seuil d'un viol. Ma main abandonna l'image d'un plaisir qui se brisa sur le sol poussiéreux. La jeune fille dansait au rythme d'une chanson populaire. Les paroles obscènes plaisaient à la foule qui criait de joie et d'impatience. Tous les regards étaient collés sur les jambes de la jeune danseuse. Chaque mot disait nos frustrations. Pris par le spectacle et par mon propre rêve, je ne songeai plus à deviner les mains sous les djellabas et les mouvements des bas-ventres. Mes mains n'étaient pas libres. Ni mes yeux. Mon enfance, comme celle des enfants de mon âge, était suspendue à un rêve menaçant : avoir un sexe aussi grand qu'un minaret et les couilles aussi lourdes que les mamelles de la terre. Parfois, nous rêvions si fort que nous soulevions l'univers sur le gland propre de notre pénis taillé. Mais, dès que nous reprenions nos esprits, nous réalisions que nos corps ne pouvaient accéder à ce désir. Nous le quittions à la limite de la folie et le remplacions par une fissure plus réelle, une poignée de main plus concrète et surtout, plus proche de notre délire. Les jours se succédaient avec la même monotonie et nous rapportaient la même désolation : nous étions des enfants qui ne grandiraient jamais. Condamnés à la petitesse et au refoulement à perpétuité. C'était la volonté irréfutable des adultes.

Le convoi passa devant la *kissariya*. Mansour, que nous avions surnommé « l'Éléphant », à cause de son obésité, était perché sur le comptoir de sa boutique et tonnait à l'intention d'un gamin d'une douzaine d'années qui se trouvait dans la foule :

« Fils de Hadda ! Viens montrer à ton oncle Mansour ce que tu caches entre le mont Blanc et le mont Toubqâl. J'y pénétrerai avec douceur ; sans te faire mal. Viens ! J'ai là des pois chiches et des raisins secs pour toi. J'ai aussi de l'huile d'olive pour faciliter l'opération. Tu ne sentiras rien. Viens près de ton oncle Mansour ! Il te fera voir les étoiles en plein jour. Viens ! Je serai toute ta famille si tu veux et tu hériteras de mes biens après ma mort.

Viens ! Je te protégerai et te donnerai la bénédiction des hommes saints. Tu seras mon petit bol de miel chaque nuit. Tu seras mon petit bol de beurre chaque matin. Viens près de ton oncle Mansour qui sait être doux et patient avec les enfants !... »

L'enfant baissa la tête et disparut dans la foule. Je te vis cracher dans la direction du marchand. Le boutiquier d'en face éclata de rire et je vis briller son dentier en or. J'étais mal à l'aise dans ma peau. Étourdi par les horreurs qui sortaient de la bouche de ces hommes puant la bêtise et la vulgarité.

« Tu as de la chance avec les gamins, lança le boutiquier d'en face à l'Éléphant. Moi, je ne sais pas leur parler. Mon truc, c'est le hammam. C'est là que je procède à l'exécution de ma stratégie. D'abord, je déniche l'enfant solitaire. Je l'interpelle et lui demande de me remplir un seau d'eau. S'il accepte sans rechigner, je sais que l'affaire est dans le sac. Quand il m'apporte le seau rempli d'eau, je lui passe mon gant de toilette et lui demande de me débarrasser le dos. Quand il a fini, je le prends par la main et le place entre mes jambes pour le décrasser à mon tour. Je lui savonne le dos, lui caresse les fesses, le soulève du sol, et avant qu'il ne réalise ce qu'il lui arrive, je suis déjà au fond de lui. Après, je l'abandonne à sa brûlure. Ni vu, ni connu. »

Je ressentis une douleur au coccyx. L'Éléphant se mit à rire avec insolence. Il tapa plusieurs fois dans ses mains moites tel un gamin. Un paysan s'arrêta devant cette hilarité imbécile et dit à l'intention des deux hommes :

« Qu'Allah diminue votre pudeur ! »

Ta mère et tes sœurs s'affairaient dans la cuisine préparant un repas pour Sid El Haj El Barakat. Il avait le certificat d'études primaires, diplôme qui ouvrait tous les chemins au lendemain de l'indépendance. Il avait la chance d'avoir un père aussi intelligent que rusé. Marchand de tissus à la *kissariya*, il savait que son pays aurait besoin de gens diplômés, et il avait tout fait pour pousser son fils aussi loin dans les études. Ce dernier n'était pas doué, et son père s'était contenté de ce certificat qu'il avait encadré et accroché à un mur du salon, au-dessous d'une photo du sultan Mohamed Al Khamiss. En attendant l'indépendance, l'enfant s'était lancé dans le commerce avec son père et, dès les premiers jours, avait fait preuve d'une extraordinaire finesse pour escroquer les clients. Son père, s'en étant aperçu, mit toute son énergie à développer ce don chez son fils. Il n'eut pas trop de difficultés pour lui apprendre l'art de tromper les autres.

« Il faut du miel au bout de la langue, répétait-il à son enfant. Le client, on doit l'attraper comme une souris ! Avec la douceur de la langue : "Sidi !", "Lalla !" Qu'y a-t-il à votre service ? Si vous n'avez pas d'argent vous paierez la prochaine fois. Mais tu ne feras point de crédit. Tu enrouleras délicatement le tissu et tu le mettras sous le comptoir. Si tu leur fais crédit, les gens ne repassent plus devant ta boutique. Du miel au bout de la langue et le sourire aux lèvres. Il faut être sportif dans notre métier. Il y a deux moments importants dans ce genre de commerce : couper le tissu et rendre la monnaie. Quand tu mesures la marchandise, fais toujours en sorte que tes doigts glissent sur l'étoffe en sens inverse. L'opération doit s'effectuer très vite et avec délicatesse. Tu suivras ton mètre rigide en bois tout en tirant sur le tissu, pour qu'il soit tendu. Ainsi, tu en auras économisé vingt à trente centimètres. Même quand tu vends moins cher que les autres, tu es gagnant. Tout cela, avec du miel au bout de la langue et le sourire aux lèvres. Ensuite, quand tu rends ta monnaie, tâche de retenir plus que le prix. Il y a des gens qui n'ont encore aucune notion de la monnaie. Tu donneras beaucoup de pièces, ça embrouille le client. Si la personne s'aperçoit de l'erreur, tu te confondras en excuses et tu lui embrasseras la tête. Avec du miel au bout de la langue et le sourire aux lèvres. Tu dois toujours prendre aux autres. Sinon, c'est à toi qu'on prendra. Et puis, il faut te dire que si tu ne le fais pas, un autre le fera à ta place. As-tu compris, fiston ? »

Bientôt, l'élève allait dépasser son maître et le père finit par reconnaître la supériorité de son fils dans ce domaine. Il accepta, sans trop discuter, de faire les souks et d'abandonner la boutique à son fils. L'homme éprouvait une satisfaction étrange, une grande fierté devant l'adresse avec laquelle son fils abusait ses clients. N'était-il pas le fils de son père ? Le jeu était sérieux. Il rapportait gros à la famille El Barakat. D'ailleurs, ce jeu allait, miraculeusement, influer sur toutes les conduites : de l'escroquerie, étaient nés l'égoïsme, la corruption, l'envie, l'individualisme et la haine. La solidarité fit place à l'indifférence et notre monde était renversé.

Le cortège s'avançait dans le désordre et la poussière, au milieu du tumulte et l'exaltation de la foule. Quittant soudain la ruelle, il déboucha sur la place. Profitant d'une ouverture, tu réussis à te libérer. J'en fis de même. Tu chassas l'image de l'adolescente de ton esprit et te dirigeas vers la *Halqa*. Là, un attroupement s'était formé autour d'un homme qui gesticulait en parlant :

« Il y avait une fois..., disait-il, il y avait les Roses et le Jasmin sur la tombe du Prophète, que la prière et le salut soient sur lui. Il y avait Malkaroûn. Un homme comme tous les hommes. Comme vous et moi. Avec ses os, ses chairs et ses gouttes de sang. Cet homme “Asyadna” était riche. Très riche. Trop. Sur ce point, il ne me ressemblait pas. Il ne vous ressemblait pas non plus. Il avait des palais de rêve : les murs étaient en bois de santal, les plafonds en cannelle, le sol en gomme arabique, les portes en ambre, les fenêtres en musc, la quincaillerie en diamants et la robinetterie en or massif. Je ne vous parle pas de ses jardins, de ses chevaux, de ses voitures, de ses femmes... Notre esprit est incapable d'imaginer des choses si fabuleuses, et moi incapable de vous décrire le Paradis sur terre. Mais passons ! Cet homme “Aibad Allah”, cet homme, ô esclaves de Dieu, vivait avec ses parents dans le Paradis, si prospère que, pour lui, rien n'avait d'importance en dehors de ses palais, de ses vins, de ses sirènes, de son or... Les autres pouvaient crever de faim et de misère ; cela ne l'intéressait pas. Les autres, il les ignorait. Cela se passait il y a des milliers et des milliers d'années. Avant même la naissance du Prophète – que le salut et la prière soient sur lui... »

La parole circulait comme un fantôme entre les présents. Chacun se l'appropriait, se l'incorporait. Une parole vieillie, sans âge. Elle avait cependant la force de rompre la solitude des uns, de briser l'enfermement des autres. Pour quelques instants seulement. Car, à la fin du récit, chacun se retrouvait avec son propre corps. Ou trop grand, ou trop petit. Un monde de fous où personne n'était à l'aise dans sa peau. Cette parole-là, souvent, me dépassait. Étais-je trop jeune pour elle ou était-elle trop ancienne pour moi ? Je ne savais. Mais cette voix avait quelque chose de prémonitoire. Une espèce de malaise s'empara de moi. Était-ce la poussière, la cohue ou le soleil ? Je refusais cependant de partir. Je voulais aller jusqu'au bout du mensonge de cet homme. Je m'étais également promis d'être présent là où tu étais. C'était un jeu. Je voulais te suivre partout. Te surveiller. T'épier. Je connaissais tout de toi. Ou presque. Tes regards, tes hésitations, tes sourires, tes peurs, tes soupirs... Ce qui m'échappait, c'était toi. Toi au naturel. Toi hors de ma sphère. Hors de cette amitié dévorante qui nous entraînait à faire des concessions. Ce jour-là, je te regardais comme un étranger. Mais j'étais très proche. Je remarquais tes gestes, je surprenais tes rires et devinais tes pensées. En un mot, je te trahissais.

La *Halqa* se tenait quotidiennement sur une place circulaire et poussiéreuse. Pour se distraire d'une rude journée de labeur, les gens venaient passer là un moment avant de rejoindre leurs baraques sans eau et sans égout. La *Halqa* est un lieu d'oubli. Pour les oubliés. Un lieu de rencontres aussi et de vie où la misère est toujours au rendez-vous, où les jeunes voleurs à la tire font leur apprentissage, et où les femmes en quête d'une aventure viennent étaler leurs charmes. Ce jour-là, une trentaine de personnes entouraient le conteur dont la voix captivante emplissait les lieux :

« Cet homme "Asyadna", continua-t-il, cet homme qui vous ressemblait, et ne vous ressemblait pas, perdit ses parents ; les êtres les plus chers qu'il avait sur terre. Il les vit mourir malgré l'or et l'argent mis à la disposition des médecins, des magiciens, des guérisseurs et des grands charlatans qu'il avait fait venir du monde entier. Après leur mort, il s'enferma dans l'un de ses fabuleux palais et se répéta ceci à longueur de journée... »

L'homme s'arrêta de parler. Tous les yeux étaient braqués sur lui. Ses mots couleur d'argile tenaient la foule dans l'attente. Il n'était pas question de quitter les lieux avant la fin de l'histoire, tant est grande la force de la parole. Ceux qui savaient s'en servir avaient enchaîné des peuples entiers à leurs mensonges. L'histoire garde encore des noms qui font hurler les morts et trembler les vivants. Des mots forgés dans la misère, dans la peur et dans la bêtise de ceux qui ne peuvent contrôler leur instinct sanguinaire. La parole faisait et fait des miracles. Et l'histoire ne cesse de reproduire les Monstres.

Pendant que le jeune El Barakat apprenait les mille et un secrets de l'existence, ton père Bouchaïb se débrouillait de son côté pour faire vivre ses frères et sa mère en attendant le retour de son père, engagé dans l'armée de libération. Les hommes avaient du courage et beaucoup de vertu. Beaucoup de fierté aussi. Ils avaient fait leur choix et l'assumaient jusqu'au bout ; refusant d'être par le silence, l'attente ou la lâcheté les témoins de cette terreur renouvelée ou les complices de massacres injustifiés et injustifiables. La liberté coûtait cher. Mais rien ne pouvait faire reculer ces hommes qui avaient cessé de penser à eux le jour où leur décision avait été prise. Leur espoir ? Permettre à leurs enfants de voir le jour dans un monde où le soleil se lèverait pour eux, où les oiseaux chanteraient, où les étoiles brilleraient pour eux. Avec leur foi et leur courage, ils avaient dit « ça suffit » au Pouvoir colonialiste. Et le Pouvoir avait répondu par un des crimes les plus sanglants de toute l'histoire coloniale. « Ce n'était pas aussi grave qu'en Algérie, répétaient des voix. Il ne fallait tout de même pas exagérer. » Et moi, je demande : centaines ou milliers de morts, où est la différence ?

Ton père avait onze ans à l'époque et aucune possibilité de penser à son avenir. Anticiper est d'ailleurs un blasphème. L'avenir appartient à Dieu seul. « Tu n'iras que là où Allah voudra bien que tu ailles. » Et ton père, comme presque tous les autres, abandonnait son destin au *Mektoub*. Son engagement était une fatalité. C'est ce qu'il pensait. La montagne était le destin de ceux qui ne pouvaient vivre sans honneur et sans fierté. Le profit était le lot de ceux qui pouvaient exister sans angoisse dans l'attente d'un nouveau soleil. Le visage de l'univers changerait mais cela ne profiterait qu'à ceux qui savaient attendre et apprécier les délices d'une vie sans complications, loin des risques et de la montagne.

Sid El Haj El Barakat arriva vers dix-huit heures dans sa Mercedes 240 D métallisée. Lalla Rabha lança quelques you-yous fatigués du fond de sa cuisine sombre, mais ne vint pas au-devant de leur invité pour lui embrasser les mains et souhaiter richesse, santé, prospérité, bonheur et longue vie, à lui et à tous les siens. Décontenancé, Bouchaïb n'arrêtait pas de soliloquer afin de divertir son invité et l'empêcher de remarquer cette flagrante négligence :

– *Mrahba bik !* Bienvenue à toi Sid El Haj ! Tu as illuminé l'endroit. Ce jour est un grand jour. *Mrahba bik !* Bienvenue à toi ! Ta présence nous honore et nous remplit de fierté. Qu'Allah prolonge ta vie et te protège contre les enfants de l'adultère. Bienvenue à toi ! La maison est ta maison. Excuse-nous pour cet accueil ! Tu mérites mieux que ça. Mille fois mieux. Ta venue nous est chère Sid El Haj. Dieu est témoin de ce que je dis. Tu mérites qu'on te présente le lait traditionnel et les dattes. La prochaine fois, In Châa Allah, on égorgera un mouton. *Mrahba bik !* Nous te remercions d'avoir accepté notre humble invitation. Tu es un homme serviable et modeste. Deux qualités rares de nos jours chez les gens. Nous sommes la poussière qui tombe de tes pieds. Bienvenue à toi Sid El Haj ! Ce jour est un grand jour. Non ! Mets-toi sur ce *seddari* ; il est en laine.

Mets-toi à ton aise ! Tu es chez toi ici, Sid El Haj. La maison est ta maison. *Mrahba ! Mrahba ! Mrahba !...*

L'après-midi commençait à tirer à sa fin. Au-dessus de nos têtes, le soleil peinait à passer de l'autre côté. Il y avait comme une odeur de sperme dans l'air. Quelqu'un se serait-il masturbé sous sa djellaba ? L'impression que quelque chose menaçait me saisit alors. En courant dans tous les sens, les enfants soulevaient des nuages de poussière. Le lendemain, je te dirais que je t'avais épié. Tu te mettrais en colère et m'accuserais de trahison. Tu lèverais même la main sur moi. Je te laisserais faire. Tu n'oserais pas aller jusqu'au bout de ton acte. Tu laisserais tomber ton bras dans un geste inutile et me couvrirais d'injures. Je te traiterais de fou ou d'imbécile. Tu rougirais et tu proposerais qu'on se quitte pour toujours. Je ne te répondrais pas. Tu me tournerais le dos et t'en irais en grognant des méchancetés entre les dents. Tu ne ferais pas dix mètres que tu t'arrêterais. Tu reviendrais sur tes pas et me demanderais de t'accompagner chez toi. Je refuserais. Tu bouderais. Mais tu n'élèverais plus la voix. Tu ne crierais plus. Tu n'insulterais pas non plus. Vexé, je te quitterais. Tu feindrais l'indifférence. Le lendemain, nous nous retrouverions chez toi ou chez moi et nous nous réconcilierions autour d'un verre de thé à la menthe.

J'étais sûrement trop jeune pour la parole du conteur. Toi aussi. Je haïssais les mots car ils étaient destinés aux adultes. Je ressentais l'humiliation qu'ils m'infligeaient comme un défi. Ce jour-là, j'avais besoin de mots à ma taille. Des mots qui soient de vrais mots pour gamins responsables. Je voulais une parole sans histoires. Sans ambiguïté. J'attendais des paroles simples où je pourrais enterrer mon inquiétude. Je voulais des mots pour mon rêve, des mots pour rire et pour oublier demain. Des paroles claires couleur d'eau et qui passent sur le sol sans écorcher la terre de mes ancêtres. Les voix qui étaient en moi se contredisaient et j'avais de la peine à retrouver la paix. La nuit les amplifiait dans ma mémoire et me donnait la migraine. Une malédiction.

La foule se pressait autour du conteur qui poursuivit son récit :

« Cet homme riche, cet homme puissant, cet homme fort se répétait : "Une chose pareille est-elle possible ? Je peux tout avoir, tout acheter, tout posséder et je suis incapable de sauver mon père et ma mère de la mort. Le monde est à mes pieds et je ne peux pas maîtriser cette chose ? Et dire que demain je peux mourir aussi, quitter cette vie, abandonner mes richesses ! Mais c'est absurde ! Il faut absolument que je vienne à bout de cette misère..." Il fit alors venir tous ses conseillers, tous ses magiciens, tous ses savants et leur dit : "Je ne veux pas mourir, car il n'est pas normal que je meure, moi ! Trouvez-moi une solution ! Faites ce que vous voulez ! Arrangez-vous pour que je vive éternellement ! Toutes mes richesses sont à votre disposition." »

Sid El Haj El Barakat s'installa confortablement sur le *seddari*, s'entoura de coussins et réclama aussitôt une bassine d'eau chaude et salée.

– Tout de suite, Sid El Haj ! Amina, apporte à ton oncle sa bassine d'eau chaude et viens lui masser les pieds ! N'oublie pas d'apporter la serviette neuve ! Fais vite ! Sid El Haj a les pieds fragiles ; que Dieu nous le garde ! Il se tue au travail. Il est debout du matin au soir. Qu'Allah l'aide et protège sa santé. « Zid Abenti ! » Avance ma fille ! Que la bénédiction du Prophète

Mohammed soit sur toi et sur ta descendance ! Lave les pieds de ton oncle Sid El Haj et masse-lui les orteils ; Dieu t'ouvrira un palais dans son Paradis pour cette action. Attends, Sid El Haj ! je vais t'aider à mettre les pieds dans la bassine. Tu dois te fatiguer le moins possible, Sid El Haj. Ta santé avant toute chose !...

Le lendemain de l'indépendance, Sid El Haj avait confié la boutique paternelle à son frère cadet auquel il avait appris les ficelles du métier. Il alla ensuite rejoindre les siens dans la hiérarchie administrative. C'était dans la logique des choses. Il avait le certificat d'études primaires et il était de son devoir de contribuer à l'édification de la nation libre et indépendante. Il obtint un poste de responsabilité dans l'administration du pays. Il signait des documents. À longueur de journée, il signait. Ce qui lui causait des douleurs aux orteils. Mais sa santé était bien peu de chose par rapport au bien de l'État. Sid El Haj travaillait dur. Tout reposait sur ses épaules. Rien, en effet, ne pouvait marcher sans lui. Tout restait suspendu à la pointe capricieuse de son stylo plaqué or. Parfois, pour mesurer son importance et son efficacité, Sid El Haj se faisait porter malade et ne se rendait pas à son bureau. Aussitôt, le téléphone se mettait à sonner et les voix de le supplier, après lui avoir souhaité un prompt rétablissement, de bien vouloir signer un permis de construction, un certificat de célibat, un livret de famille, un permis de chasse... Mais Sid El Haj savait convaincre les gens de son indisponibilité. Il gardait alors le lit et attendait. Quelques heures plus tard, les gens se précipitaient, les bras chargés de cadeaux, pour présenter leurs vœux de rétablissement à leur frère et ami. Sid El Haj ouvrait alors le tiroir de sa commode en chêne, en sortait son stylo plaqué or, son cachet administratif et distribuait des « autographes », avec du miel au bout de la langue et le sourire aux lèvres, sur les documents qu'on lui présentait. Il ne prenait même pas la peine de lire ce qu'il signait. Un homme de confiance. Et d'un naturel confiant. Qui oserait mettre en jeu son honorabilité et sa carrière ? Il ne lisait pas. Qu'importe ! Tout cela était sans conséquence. Savait-il au moins lire ? Mais oui ! Certaines méchantes langues blasphémaient. Sid El Haj avait le certificat d'études primaires et était indispensable à la marche de la nation. Un homme de bien et de responsabilité.

Ton père Bouchaïb continua à s'occuper de sa mère et de ses frères ; son père étant mort dans sa lutte pour l'indépendance du pays. Personne ne savait où il était enterré. Qui s'en souciait, d'ailleurs ?

Le soleil titubait dans le ciel, donnant à la *Halqa* une atmosphère particulière. Une sorte d'ombre gênait sa trajectoire. Un nuage comme porteur de remords passait dans le ciel clair tel un regard sur la terre et les gens. Il s'immobilisa un moment sous le soleil qui ne fut plus alors qu'une boule de papier gris argenté. Le conteur public battait le vide de ses bras squelettiques. Les gens avaient encore resserré le cercle autour de lui. Dans la bousculade, un homme s'était rapproché un peu trop de la femme qui se trouvait devant lui. Celle-ci sentit quelque chose de dur lui presser les fesses. Elle sourit sous son voile humide, donna quelques coups de reins discrets avant de se retourner vers son séducteur. Déçue, elle se mit aussitôt à beugler :

– N'as-tu pas honte, vieillard, de chatouiller une femme qui pourrait être ta fille ? N'as-tu pas honte de cette barbe blanche ? Serais-tu Satan pour ne pas respecter les femmes des autres ?

Puis, se retournant vers la foule :

– Soyez tous témoins de l'offense que cet homme vient de me faire ! Je suis une fille respectée, une fille de bonne famille, moi ! Et cet homme, ce vieillard, ce bout de crottin veut m'enculer en plein jour devant tout le monde comme si j'étais une chienne. Mais n'y a-t-il pas parmi vous un homme pour lui arracher cette barbe et lui démolir les deux dents qui lui restent ?

Les paroles de la femme voilée firent sensation. Les mots étaient tombés de la bouche féminine comme l'ouragan et s'étaient répandus dans les cervelles mâles. Personne n'avait pris la défense du vieillard. Les regards étaient fixés sur le bas-ventre de la femme. Chacun s'imaginait déjà maître des lieux, et les rêves des hommes se précisaient. Le tissu de quelques pantalons se tendait à hauteur de la braguette. Une proie pour la nuit qui étoufferait les râles et les cris. Cependant, les hommes ne se faisaient pas d'illusion. Ils savaient à quelle genre de femme ils avaient affaire : une putain prête à tout. Mais les hommes, dans leur haine vouée à la prostitution, gardaient une passion secrète pour ces femmes soumises qui leur permettaient d'aller jusqu'au bout de leurs fantaisies. La femme hurla longtemps derrière son voile mouillé. Puis, voyant que personne n'intervenait, elle se jeta sur le vieux. Un homme s'interposa. Le vieillard ramassa la canne qui lui avait échappé des mains, se redressa avec peine et recula de quelques pas. La foule lui ouvrit un passage. Avant de quitter la place, il lança à l'intention de la femme :

– Dis clairement que je suis trop vieux pour la besogne ! Mais ne te prends pas pour ce que tu n'es pas. Tu n'es qu'une pute. La dernière des dernières pour venir te mêler aux hommes. Ce n'est pas un lieu pour les femmes de bonne souche. Tout le monde ici sait que c'est dans l'espoir de dénicher une verge pour la nuit que tu es là ! Regarde-les bien ! (Il empoigna ses organes génitaux à travers le tissu de sa djellaba.) Ils sont encore capables de t'envoyer au septième ciel. Mais les filles de ton espèce, je leur crache dessus (il cracha par terre).

Voyant que son spectacle allait à vau-l'eau, le conteur intervint pour ramener l'ordre et le silence :

– Priez sur le Prophète ! demanda-t-il.

– Que la prière et le salut de Dieu soient sur notre Seigneur Mohammed ! dit la foule avec enthousiasme.

– Priez sur le Prophète ! redemanda-t-il avec une voix ferme.

– Que la prière et le salut de Dieu soient sur son Envoyé !

– Encore une fois pour que Dieu éloigne Satan de notre cercle et nous protège contre nous-mêmes !

– Que la prière et le salut de Dieu soient sur son Prophète !

Amina posa une serviette neuve sur le *seddari*. Elle s'accroupit sur le sol en terre battue et se mit à l'ouvrage. Le regard de Sid El Haj ne quittait pas la nuque de la jeune fille dont la chevelure noire tombait sur les épaules. Elle frissonna au contact de cette peau spongieuse. Comme un cervelet de mouton, pensa-t-elle. Ses doigts habiles éveillaient des démangeaisons dans la chair de l'homme. Celui-ci s'abandonna aux caresses sensuelles de la jeune fille.

– Tire sur les orteils, ma fille ! ordonna Sid El Haj.

Amina s'exécuta avec application. Ses doigts traçaient des ondes charnelles sur la peau molle. Caresses et chaleur se mêlaient dans le corps tendu de l'homme pour déchaîner ses frissons et ses soupirs. Amina continua sans rien dire, sans même lever ses yeux pleins de larmes sur cet homme qui la couvrait de honte. Ses doigts ne dépendaient plus d'elle, ne lui appartenaient plus. Elle réussit à oublier cette partie d'elle-même qui la faisait souffrir dans sa jeunesse et dans sa fierté. Ces mains n'étaient pas à elle. Elle n'avait déjà plus mal comme avant. Ses yeux ne voyaient même plus ce que ses doigts faisaient. Son esprit était loin de son corps tendu, crispé. Elle en voulait surtout à son père pour cette humiliation dont il ignorait les conséquences. Les doigts fins allaient et venaient sur cette masse flasque avec régularité. La main de Sid El Haj effleura la chevelure de la fillette, puis empoigna une touffe de cheveux. La fille étouffa un gémissement. Presque aussitôt, l'homme au certificat d'études primaires se mit à délirer :

– Encore, ma fille ! Dieu te fera entrer dans son Paradis. Frictionne-moi les orteils. Un peu plus fort. Merci ma bienfaitrice ! Merci ma colombe aux mains de soie. Que Dieu te préserve de Satan. Qu'Allah bénisse tes mains et ta jeunesse ! Tu es une fille bénie, une mine d'or. Encore ma fille ! Un peu plus fort ! C'est ça. C'est très bon. Je sens que ma fatigue s'en va. Tu es un plaisir pour mes vieux os. Le bonheur que tes doigts me procurent est immense. Qu'Allah te bénisse, ma fille ! Qu'Allah te... Qu'All... Aaah !...

Les doigts se crispèrent encore sur la chevelure de la jeune fille. Celle-ci serra les dents pour ne pas crier. Ses larmes roulaient en silence sur ses joues congestionnées. Elle était habituée maintenant aux bains de pieds de Sid El Haj. Chaque fois que celui-ci venait chez eux, Amina devait s'acquitter de cette corvée avec le plus grand soin. Bouchaïb tenait à satisfaire tous les désirs de son ami. Sid El Haj El Barakat ferma les yeux et s'agrippa à la chevelure de la jeune fille. Celle-ci laissa échapper un gémissement de douleur. Sid El Haj lâcha son étreinte et renversa la tête en arrière, les yeux toujours fermés. Amina passa une main sur son visage mouillé et essuya les pieds de Sid El Haj. Elle disparut ensuite avec sa bassine à moitié pleine d'eau sale.

Avant qu'elle quitte la pièce, son père la remercia en ces termes :

– Va ma fille, que Dieu bénisse tes mains et te protège ! Que Dieu t'envoie un enfant de bonne souche qui sache apprécier tes qualités et te rende heureuse ! Que Dieu te donne une progéniture sage et facile ! Comme tu sais faire plaisir à ton père et à ton oncle Sid El Haj, je veux qu'Allah t'ouvre les portes du Paradis ! Va ! Je te donne ma bénédiction éternelle.

Le calme revint peu à peu à la *Halqa*. La femme ajusta son voile et son *haïk*. Tous les regards étaient posés sur elle. On se bouscula discrètement pour venir tout près. Le mot « crottin » et le verbe « enculer » étaient suspendus au-dessus de la *Halqa* comme la menace des mots prohibés. Mes oreilles blessées tintaient de résonances amères, que je ne pouvais chasser de mon esprit. Prononcés par une femme, je leur trouvais un goût plus salace et une signification plus précise. « Crottin », « enculer » devaient, sans doute, procurer une jouissance nouvelle à ces hommes dont les passions brutales balayaient d'un coup les caresses maladroites mais rigides d'une moralité plusieurs fois millénaire. D'ailleurs, ces hommes n'étaient là que pour oublier les frustrations de la Loi. Dans chaque regard se dessina un monstre de perversité. Toi, tu avais le dos tourné. Je ne pouvais donc voir l'expression de ton visage. Dans ma tête un peu abrutie, le mot « crottin » et le verbe « enculer » proliféraient en prenant toutes les formes du plaisir et de ses abîmes.

Le conteur, un peu gêné, un peu inquiet pour son spectacle, leva instinctivement les bras vers le ciel et, s'adressant à la foule, il annonça :

– Maudissez Satan et revenez vers moi ! Aucun scandale, aucune dispute n'est capable de rompre le charme de ma parole. Maudissez Satan et ouvrez vos oreilles ! Aucune parole n'est gratuite. Soyez attentifs aux mots ! Aux miens qui vous transportent au-delà de votre angoisse et de vos difficultés. Ne vous laissez jamais divertir par la parole futile ! Écoutez-moi et laissez-vous pénétrer par le soleil de mes mots ! Je suis capable de vous libérer de vous-mêmes et de faire le vide dans vos mémoires. J'ai la bénédiction des grands Saints du Sud. Mon âme est immortelle. Revenez vers moi ! Revenez vers ma parole ! Elle seule est capable de cicatriser votre douleur et de vous précipiter dans l'absence des gens sans histoire...

La couleur du soleil vira du gris argenté au rouge pâle. Un vent humide se mit à souffler du nord, soulevant un épais nuage de poussière. Le conteur se précipita pour rattraper son turban que le vent emportait.

Le vieillard quitta le cercle et emprunta une ruelle. Aussitôt, il fut assailli par une ribambelle d'enfants qui se trouvaient là. Le vieillard s'enfuit aussi vite qu'il put, agitant sa canne en tous sens, mais ils l'entourèrent, lui jetèrent la pierre et chantèrent en dansant autour de lui :

« Ô vieillard aux couilles ratatinées,
Retourne à ton chapelet et à ton tapis !
Les fesses te font toujours tourner la tête
Mais ta vie est finie ; tu n'as plus de force
Et les femmes ne veulent plus de toi.
Que te reste-t-il, homme à la barbe blanche,
Que te reste-t-il, en dehors de tes prières ? »

Tu regagnas ta place pour écouter la suite de l'histoire. Je ne pouvais toujours pas voir l'expression de ton visage. Noyé dans la foule surexcitée, je distinguais le col usé de ta veste. Ce détail ouvrit devant mes yeux deux grandes parenthèses où l'itinéraire de nos deux vies était tracé en parallèle d'une encre de misère. Cependant, le calme étant revenu, le conteur poursuivait son discours :

« Cet homme riche "Asyadna" refusait de mourir. D'ailleurs, comment lui, homme très riche et très puissant pouvait-il finir comme le plus commun des mortels ? Dormir sous terre et connaître la décomposition, l'état de cadavre plein de vers et de fourmis ? L'homme voulait vivre éternellement. Alors il demanda conseil aux sages du pays, aux magiciens, aux savants... Mais personne n'avait de solution à son problème. »

Sid El Haj El Barakat ouvrit les yeux et fixa Bouchaïb de son regard fiévreux :

– Tu as une fille sans pareil, Bouchaïb, lui dit-il. Que Dieu te la garde ! Une perle. Qu'Allah la protège et prolonge ta vie jusqu'à ce que tu la voies telle que tu l'espères. Si j'avais un fils à marier, je n'hésiterais pas une seconde.

Puis, après quelque hésitation :

– Je sais à quoi tu penses, Bouchaïb. Tu penses à Sidi Mohammed. Non ! Tu ne dois pas penser ainsi. Bien qu'elle soit belle et jeune, Amina n'est pas de son rang. Lui, il épousera sa cousine, dont le père possède des richesses incalculables. La fille n'est pas belle, certes, mais elle appartient à une grande tente. Et qui veut frapper, frappe aux grandes portes ! Tu es de mon avis, n'est-ce pas ? Mon fils Sidi Mohammed, qu'Allah le protège et guide ses pas, reviendra bientôt au pays. Il est en Europe depuis plus de dix ans. Il y fait des études de médecine. Dans deux ou trois ans, il reviendra. Je lui ai préparé son cabinet dans la capitale où il s'installera In Châa Allah. Ainsi, il ne perdra pas son temps à des recherches inutiles. Il réussira et fera fortune. Il sera un grand toubib et il y aura mon nom et son prénom en gros caractères dorés sur sa porte : « El Barakat Sidi Mohammed El Fassi. » Son cabinet l'attend depuis quatre ans déjà, entièrement équipé. L'argent, Bouchaïb, il n'y a que ça de vrai. Ta fille, que Dieu la bénisse, a toutes les qualités d'une bonne épouse. De plus, elle est jeune, et belle comme la lune. Moi, je suis déjà marié. Dommage ! Mes frères et mes cousins aussi. Et je ne peux supporter l'idée qu'on donne notre bien à des étrangers ! Allah non plus ne le tolère pas. Amina est une perle qui ne saurait être portée que par un de ses proches. Moi par exemple, un cousin ou un parent. Fais-moi la promesse, Bouchaïb, de ne pas la donner en mariage sans connaître mon avis auparavant ! C'est moi qui m'occuperai de son mariage. J'ai de l'influence, tu sais ! Je n'aurai pas de mal à lui trouver un bon mari. Ne t'en fais pas ! Tu peux dormir sur tes deux oreilles...

Ton père rougit mais son sourire trahit son bonheur. Il se précipita sur les mains de Sid El Haj et les embrassa longuement, plein de reconnaissance. Un homme important, Sid El Haj. Un homme modeste aussi. Combien de personnes sollicitaient une simple entrevue avec Sid El Haj sans y parvenir ! D'autres attendaient des mois qu'il daigne leur consacrer quelques minutes de son temps si précieux. La famille Bouchaïb était privilégiée. Elle bénéficiait de l'indulgence de l'homme important. Mais pourquoi justement elle ? Sid El Haj ne se rendait jamais que chez les gens qu'il portait dans son cœur. Ceux chez qui il se sentait à l'aise et en confiance. Ton père était conscient de l'honneur que lui faisait l'homme et s'en enorgueillissait. Bien sûr, les visites répétées de Sid El Haj provoquaient des dépenses énormes pour ton père, mais il en était fier et ne s'en inquiétait pas. À vrai dire, il ne s'en rendait vraiment compte que lorsque ses créanciers venaient réclamer leur dû. Pour le plaisir de Sid El Haj, tout était beurre et miel.

Quand la foule s'abandonna aux caresses des premiers mots du conteur, celui-ci lui demanda, une fois de plus, de prier sur le Prophète. Quand ce fut fait, il s'empara d'un *bendir* et commença sa tournée, le bras tendu vers les hommes.

– Qui a, donne ! Qui n'a pas, ne donne pas ! Que Dieu comble celui qui donne et satisfasse celui qui ne donne rien ! Je suis l'invité de Dieu dans votre village cette nuit. Soyez généreux avec les Envoyés d'Allah ! Je suis votre invité, mes amis ! Accordez-moi l'hospitalité du Prophète ! Sept jours pas plus. Merci mes frères !

Les dons furent plus généreux que la première fois. La femme voilée jouait de l'œil et ondulait des hanches. Pour attirer son attention, les hommes lançaient des plaisanteries avant que leurs pièces ou leur billet aillent rejoindre le fond du tambourin, et le conteur les remerciait, leur souhaitant longue vie, richesse et santé. Il fit deux ou trois tours ainsi, reposa son tambourin sur sa djellaba et prit soin de fourrer l'argent dans la poche de son pantalon. Puis il continua :

« Pendant des mois et des mois "Asyadna" l'homme riche fut obsédé par l'idée de la mort. Il ne mangeait plus, ne dormait plus de peur que la mort le surprenne en plein sommeil. Ses proches lui conseillèrent d'aller voir d'autres villes, d'autres pays, d'autres continents pour oublier. Mais il refusa, renvoya tout le monde et s'enferma dans l'un de ses somptueux palais. Il n'acceptait que la présence de la vieille femme qui avait aidé sa mère à le mettre au monde. Elle lui apportait les nouvelles et lui préparait à manger. Puis un jour, un fou arriva dans la ville et sa voix se fit entendre partout. La vieille accoucheuse accourut vers son maître et lui dit :

– Monseigneur ! Il est arrivé dans la ville un étranger qui dit des choses bizarres, parfois claires, parfois obscures... Les gens de la ville disent qu'ils n'ont encore jamais entendu personne parler comme lui. Il est écouté par tous et sa parole, disent-ils, est insaisissable. Seuls les esprits éclairés peuvent la comprendre. C'est un homme qui a beaucoup voyagé, il a beaucoup de connaissances. Si tu le fais venir, il trouvera peut-être une solution à ton problème...

Après avoir réfléchi un moment, Malkaroûn ordonna qu'on fît venir l'étranger. »

Lalla Rabha leva les yeux sur ta sœur et s'aperçut de son trouble. Elle devina les sentiments douloureux dont sa fille était la proie. Prenant ta sœur dans ses bras, elle essuya ses larmes, préférant ne rien dire car elle savait que cela ne servirait à rien. Subjugué par la personne de Sid El Haj, son mari n'admettrait pas qu'on mette en doute la sincérité, la bonne foi de cet homme qui représentait un avenir souriant pour Bouchaïb, l'espoir d'une vie meilleure. L'image de Sid El Haj était bien nette dans l'esprit de l'homme des bidonvilles, et rien ni personne ne pouvait l'ébranler. Sid El Haj, un homme de bien, droit, serviable, le meilleur de tous !

Ton père avança la table basse devant Sid El Haj et lui présenta la « tasse » pour qu'il se lave les mains. Sid El Haj préférait dîner tôt, pour avoir le temps de digérer tranquillement. Ton père coupa le pain avec son pouce et présenta le plus gros morceau à son invité tout en répétant inlassablement :

– Tu es le bienvenu, Sid El Haj ! Ce jour est un grand jour. Ta présence illumine l'endroit. *Mrahba b'Sid El Haj !* Bienvenue à toi !

Sid El Haj n'entendait plus l'homme parler. S'étant emparé d'une cuisse de poulet, il y enfonçait son dentier avec l'aisance et le savoir-faire d'un homme de bonne compagnie. Il renifla deux ou trois fois pendant le repas et, la bouche pleine, il lança quelques compliments à l'intention de la maîtresse de maison :

– Dieu te donne la santé pour ce plat succulent ! Allah, ce poulet est délicieux ! Cuit dans de l'huile d'olive ! Des mains en or elle a, ta femme ! Que Dieu te la garde ! Tu as de la veine, Bouchaïb, d'avoir une épouse pareille et une fille jeune et belle. Tu as la bénédiction de tes défunts parents.

Pendant que son invité parlait, ton père réfléchissait. Demain ou après-demain le boucher viendrait réclamer le paiement de la viande et du poulet, l'épicier celui de la farine, du sucre, le marchand de légumes celui des pommes de terre... Où trouverait-il l'argent ? Quel prétexte leur donnerait-il pour les faire patienter encore quelques jours ? Il devait déjà sept mois de loyer au propriétaire de la pièce-cuisine où vivait toute la famille. Ce n'était pas grave. Ton père était satisfait de sa vie et remerciait Dieu, jour et nuit, de ses bienfaits. Jamais l'idée d'une révolte contre la fatalité ne lui avait traversé l'esprit. Allah avait choisi pour lui cette destinée et il s'en remettait à sa sagesse. Dieu est juste. Dieu est généreux.

La vie de Bouchaïb était placée sous le signe de la bénédiction. Il s'était trouvé orphelin à onze ans sans connaître les causes de ce malheur qui faisait de lui le chef d'une famille nombreuse. Où se trouvait la tombe de son père ? En avait-il seulement une ? La mort des uns permit aux autres de vivre dans la liberté, dans la paix, parfois dans le luxe et même dans la haine ou le mépris des autres. Le changement était important. Mais il n'avait pas profité à tout le monde. Ton père avait commencé par vendre des légumes à la criée. Au lendemain de l'indépendance, quand il estima qu'il était capable de s'installer à son compte, il n'avait pas plus de quatorze ans. Il loua une petite baraque à la *Joutiya* et commença sa nouvelle vie de commerçant dans le marché aux puces. Une angoisse nouvelle l'étreignait au milieu de ces objets usés qui lui ressemblaient, sans âge et sans identité, rappelant un passé incertain sans relations avec le présent. Il appartenait, comme son commerce, à un monde ancien qui n'avait rien trouvé de mieux pour lui que cette existence ancienne. Telle était la bénédiction dont parlait Sid El Haj avec tant de ferveur.

Le soleil qui avait fini par se débarrasser du petit nuage poursuivait sa marche nonchalante à travers la brûlure de notre corps. Le conteur parlait, les bras levés vers le ciel. Les hommes qui étaient restés écoutaient tout en essayant de se frayer un passage vers le corps féminin. Les enfants avaient déserté les lieux à la poursuite du vieil homme. La femme du scandale était toujours là, jouant toujours des hanches et des yeux, allumant le désir des hommes. Ceux-ci résistaient mal à l'odeur des femmes un peu troubles. Pourtant, ils avaient tous une épouse, parfois plusieurs. Pourquoi s'amusaient-ils à frémir derrière cette femme de passage en devinant l'odeur de chair, ses rondeurs, ses charmes, ses profondeurs multiples ? Emmerder la vie. Emmerder Dieu aussi. Ça brise la routine et ça décuple la virilité.

La femme savait jouer son rôle à la perfection. Elle se réservait peut-être pour le dernier. Même s'il était laid ? Même s'il était misérable ? Quelle importance ? Elle passerait une nuit excitante. Le dernier aurait tenu à elle plus que les autres. Sa passion serait grande. Avec un peu d'adresse, elle réussirait à le garder longtemps et finirait même par le convaincre de l'épouser. Pourquoi pas ? Un petit mari pour les vieux jours. S'assurer une bonne petite place dans la société respectée. Le rêve de toutes ces femmes dont la vie était noyée dans des flots de sperme, de sang et de remords. Veuves, vieilles filles ou femmes stériles, elles n'avaient que leur viande pour vivre. Rejetées, mises à l'index, en marge de la société, elles rejoignaient les maisons basses pour le bon plaisir des hommes intègres, de ces lecteurs du Coran.

La femme voilée se réservait pour le dernier. Elle faisait durer l'attente et prolongeait le plaisir. Et si le dernier ne réalisait pas tous ses rêves érotiques ? Ce conteur instable et douteux ? Les yeux se dilataient à chaque mouvement de la femme. Elle ressemblait à toutes les autres putains. Celle-là n'avait rien de bouleversant, ni même d'intéressant. Et pourtant, tous ces hommes-pieux, ces bons pères-de-famille, attendaient dans l'espoir de coucher avec elle. Leur sang bouillonnait et leur esprit les entraînait vers de mystérieuses fantaisies. Chacun l'imaginant dans une position scabreuse, le visage enfoui dans les draps. La position classique, ils la réservaient à leurs épouses cloîtrées dans la chasteté et la pudeur.

En de telles circonstances, les enfants devinaient à quel point les adultes pouvaient être criminels vis-à-vis de leurs épouses et de leur progéniture. Ils refusaient à ces derniers ce que eux-mêmes espéraient, attendaient, traquaient. Ni ton père ni le mien n'étaient meilleurs que les autres.

Pour faire ses besoins dehors, dans les toilettes communes, ton père traversait la pièce où toute la famille dormait. Il enjambait les corps un à un. Parfois, ses pieds couverts de boue et de ciment écrasaient un bras ou une jambe. La nuit se refermait sur son passage sans qu'on entende un gémissement. Tu te ramassais sur toi-même et retenais ta respiration le plus longtemps possible. C'était devenu un réflexe chez toi : retenir ta respiration, faire le mort.

Le conteur demanda à l'assistance de prier encore trois fois sur le Prophète. Il fit un tour complet au milieu du cercle et, l'œil grave, il continua son récit :

« L'étranger "Asyadna" se présenta devant l'homme le plus riche de tous les temps, qui le contempla un moment surpris par ses vêtements sales et déchirés, ses cheveux ébouriffés, sa barbe mal rasée, ses pieds nus et crasseux... Il ordonna à ses serviteurs qu'on lui offre un bain et de beaux habits. Il ordonna également qu'on fasse venir un coiffeur. Mais l'étranger refusa tout net :

– Excusez-moi, Monseigneur, de ne pas accepter, dit-il. Mais je tiens à mes "choses", si pauvres et si sales soient-elles. Vous avez vos palais, vos chevaux, vos diamants, vos femmes... Moi, j'ai mes puces, ma crasse et mes démangeaisons. Et j'y tiens comme vous à vos richesses, parce que c'est tout ce que j'ai pu posséder ma vie durant. La vie est ainsi faite. Il y a ceux qui ont l'or et les merveilles, puis ceux qui ont les puces et la misère. Je ne peux pas accepter ce que vous m'offrez, car je n'ai jamais cherché à avoir autre chose que mes puces, ma crasse et mes démangeaisons. Si vous me prenez aujourd'hui tout ça, que me restera-t-il de moi-même ? De ce que j'ai été jusque-là ? J'ai peur de ne plus me reconnaître ensuite et de vouloir ressembler à l'image que vous voulez donner de moi. Je n'aime pas le changement. D'ailleurs, la vie pour moi ne vaut pas mieux que mes puces, ma crasse et mes démangeaisons.

Un silence grave était tombé sur la grande salle de réception du palais, les visages étaient crispés par l'inquiétude, dans les regards on pouvait lire une hésitation. On n'entendait que le chant un peu triste des canaris et le jet d'eau irrégulier des fontaines en marbre rose. L'homme le plus riche de tous les temps ne réagit pas à ces paroles. Bien que la moindre contrariété le mît hors de lui, il resta calme. Personne n'avait jamais osé, en lui parlant de ses richesses, évoquer la misère des autres. Un tel courage était peu commun. Cela l'intriguait et l'amusait tout à la fois. De tout temps, devant ses ancêtres, devant ses parents, devant lui-même n'avaient défilé que des gens qui louaient leur force, chantaient leur richesse, leur exprimaient un dévouement indéfectible. La tenue sale et négligée de cet étranger représentait une offense ou un défi à l'homme riche qu'il était. Sa parole irrespectueuse constituait un vide dans la tête de Malkaroûn qui refusait d'admettre la réalité pour continuer à se sentir à l'aise dans sa peau et dans sa richesse... »

Les paroles du conteur glissaient, discrètes comme les mouvements d'un reptile, s'insinuaient dans les têtes, suggérant la grisaille. J'enviais cet homme qui avait le pouvoir de jouer avec les mots, de les disséquer, de les envelopper dans des sous-entendus déroutants. Il les prenait comme il prendrait une femme facile, les maquillant, les caressant, les pervertissant jusqu'à la débauche.

Sid El Haj El Barakat sirota son premier verre de thé à la menthe et croqua quelques gâteaux. Il déposa son verre sur le plateau et, alors que ton père lui en remplissait un second, il souleva la jambe droite et laissa échapper une succession de pets secs qui couvrirent le bruit de la théière. Un peu gêné par le silence qui avait suivi, ton père lança à son invité :

– À ta santé, Sid Ej Haj ! Qu'Allah augmente tes biens et multiplie tes richesses !

– Que Dieu te donne la santé, Bouchaïb ! Je t'en souhaite autant. Que Dieu réalise tes projets !

Ton père continua à verser le thé. Sid El Haj El Barakat rectifia sa position et expliqua à ton père :

– Tu sais, Bouchaïb, le pet est quelque chose de naturel. On dit même que c'est un souffle du Paradis. Moi, je préfère le pet au rot. C'est moins dégoûtant. Ne crois-tu pas ? Et puis, le pet, c'est l'expression de l'aisance. L'expression du ventre plein. On pète quand on est rassasié. Les crève-la-faim ne pètent pas. Ils n'ont rien dans le ventre. Tu n'as rien senti, n'est-ce pas ? Mon pet n'a pas d'odeur. C'est une « Baraka ». La bonne veine, quoi ! Péter sans odeur, ça n'est pas donné à tout le monde ! Le bruit dérange un peu, c'est vrai. Mais on se sent si bien après ! Puis, c'est une bonne chose, car, sans cette petite détonation, comment veux-tu que les autres sachent qu'on est à l'aise dans son corps et dans sa fortune ? Le pet accompagne les tagines succulents, les grands méchouis et les pastillas sucrées. Tu sais, Bouchaïb, quand je suis avec des gens importants, je m'arrange toujours pour me soulager en leur présence. Surtout après une grande ripaille. Rien que pour leur montrer que j'ai quelque chose là, dans les tripes. Il ne faut jamais hésiter à le faire quand l'envie te prend, Bouchaïb ! Ça dégage le gros intestin, ça soulage le ventre et ça donne une idée exacte de ta situation sociale et financière...

Tu oubliais un instant le conteur public et ta mémoire te fit revenir en arrière une fois de plus. Le corps lourd de ton père enjambait les petits corps alignés comme des sardines sur la natte humide. Il pleuvait cette nuit-là. Il faisait froid. Les couvertures usées, jetées au hasard sur vos membres gourds ressemblaient à des feuilles de vigne. Tu n'arrivais pas à fermer l'œil, ton corps frissonnait, tes pensées te faisaient mal, ta pauvreté aussi. Ton père posa un pied au hasard et tu entendis un bruit sec. Cependant, tu n'entendis aucun gémissement. Il s'immobilisa, les jambes écartées, au-dessus de ta tête. Tu ouvris les yeux. À travers le large *tchamir*, tu distinguas une paire de couilles et le membre lourd de ton père dirigé vers toi. Une peur atroce se saisit de ton corps maigre. Le membre menaçant laissa couler quelques gouttes d'urine sur ton visage. Tu te rappelas les paroles de ton père quand il t'avait surpris une fois dans un coin avec la fille des voisins :

– Quel merdeux tu es ! Un microbe de ton âge qui se croit déjà en mesure de faire usage de ses couilles. Vois un peu ça ! (Il avança son index vers ton bas-ventre.) Pas plus grosses que deux œufs de pigeon ! Et tu te prends déjà pour un homme ! C'est une misère que tu as entre les jambes. À peine capable de pisser debout. Tu tournes autour de la fille des voisins pour qu'elle te les fasse grossir peut-être ! Comme si on n'avait pas assez d'ennuis comme ça ! C'est moi qui me retrouve dans la merde après. Toujours à cause de toi. Tu vois ces couilles (il ouvrit sa braguette, prit ses organes génitaux dans sa main droite et les agita dans ta direction), je suis capable de t'assommer avec. Elles pèsent plus lourd que toi. Laisse cette gamine tranquille et cherche-toi un boulot pour m'aider à faire vivre cette colonie ! Qui bouffe les poules des autres doit engraisser les siennes !

Tu avais disparu sur la pointe des pieds. Tu n'avais plus osé adresser la parole à la jeune fille. Tu avais pleuré longuement ce jour-là. Ton père saisissait toutes les occasions pour t'humilier. Tu savais qu'un jour tu ne résisterais pas à l'envie de lui fracasser le crâne avec le mortier en cuivre. Comment l'enfant pouvait-il vivre et grandir dans cette atmosphère de haine et d'impuissance ? Chaque coup, chaque brimade, chaque injure te donnait des années en plus et tu te sentais vieux à quatorze ans. Tes rêves, tes espoirs n'avaient ni forme ni couleur. Ton enfance avait le goût du péché et les rides de la vieillesse. Ton passé, ton présent et ton avenir étaient suspendus à l'humeur de cette paire de couilles qui pesait plus que toi. Le poids de la vie !

Le lendemain à l'aube, tu fus réveillé par les gémissements de ton petit frère. Son bras gauche était brisé.

Sid El Haj El Barakat poursuivit ses explications avec des airs graves. Ton père écoutait son long sermon les yeux pleins de naïveté. Il était en train de parfaire son éducation. Assis en face de ce coffre à pets, Bouchaïb sentait son admiration grandir pour cet homme qui savait tout expliquer, qui parlait avec une aisance dépourvue de complexes. C'était vraiment quelqu'un de bien pour la nation ! Son existence était remplie de festins et de pets. Sa pensée était dans son ventre. Le pet des hommes riches et influents n'avait pas la même signification, la même couleur, la même odeur que celui des gens pauvres, qui dégageait une odeur repoussante et dérangeait par son bruit pétaradant. C'était logique ! Homme important, Sid El Haj faisait des pets sans odeur, ce qui n'était pas donné à tout le monde.

Ainsi ceux qui avaient la responsabilité de ce XXe siècle en voie de (sous-) développement accédaient-ils à cette dignité du pet. Une chance qu'il ne soit pas une bombe atomique ! Du haut de l'échelle (que Sid El Haj et ses semblables avaient pris soin de retirer après leur ascension), les pets des grosses citrouilles déferlaient sur les couches laborieuses et assommaient les petites gens. Et dans leur quête éperdue de bonheur et de prospérité, ces derniers ne rencontraient sur leur chemin que des fragments de pets que les Grands-Péteurs leur accordaient de temps en temps pour les calmer.

Pour faire plaisir à Sid El Haj, ton père retint sa respiration un moment, se contracta l'estomac et concentra toute son énergie sur son orifice anal. Ses intestins se nouèrent à lui faire mal, mais rien ne se produisit. Pas le moindre bruit. Même pas un simulacre de vent coulis. Ton père leva vers son invité un regard de vaincu, le visage congestionné. Il n'est pas donné à tout le monde de se soulager avec facilité. D'après Sid El Haj, ça fait partie de tout un système éducatif ; un patrimoine que l'on hérite de père en fils. « Le pet, dit-il, frappe aux grandes portes ! » Ton père n'avait rien dans le ventre.

Malgré l'incident provoqué par la femme voilée, le conteur public n'était pas pressé de terminer son histoire. Quant à toi, tu n'étais pas pressé de rentrer chez toi. J'attendais que tu partes pour en faire autant. Tu savais que Sid El Haj ne partirait de chez vous que tard dans la nuit, et tu n'étais pas disposé à le rencontrer. Le conteur retenait tous les hommes avec sa parole et la complicité de la femme. Il lança un clin d'œil dans sa direction et continua son récit :

« L'homme riche laissa parler l'étranger et quand celui-ci eut fini, il lui dit :

– Écoute l'étranger ! Je ne sais pas qui tu es, ni d'où tu viens, mais ta parole est grave. Je dois avouer que je la trouve à la fois sage et téméraire. Qu'importe ! Je ne t'ai pas fait venir pour que tu m'encombres avec tes mots. Dis-moi comment je peux vaincre la mort car je veux vivre éternellement. Quel conseil me donnes-tu ? Parle ! Et je ferai de toi l'un des hommes les plus riches de cette terre !...

L'étranger se mit à rire avec insolence. Il déposa sa canne et son baluchon par terre et dit sur un ton posé :

– Je ne veux pas devenir riche, ni m'accrocher à la vie comme vous le faites avec acharnement. Ce n'est pas de la mort que vous avez peur, mais de l'idée de la mort qui vous habite, qui vous ronge comme une maladie incurable. Partir, tout abandonner, ça ne doit pas être facile pour les gens qui ont des raisons sérieuses de s'attacher à la vie. Les vers et les fourmis à la place du coton et de la soie...

– Ta philosophie est bien belle, coupa Malkaroûn. Ce que je te demande, c'est de me dire comment je peux vivre éternellement. Le reste ne m'intéresse pas. Parle étranger !...

L'homme fou se mit à rire très fort et l'homme riche éprouva un malaise indéfinissable. La sensation bizarre que cet individu échappait à son pouvoir, comme la mort. Lui qui avait le monde dans le creux de sa main, il n'avait aucune prise sur les choses les plus extraordinaires et les individus les plus insignifiants. Il se rendait compte, avec angoisse et amertume, que son pouvoir était limité, que sa puissance était illusoire.

– La mort, dit l'étranger, est l'affaire des grands, des riches, des puissants..., de tous ceux qui ont des raisons de s'accrocher à ce bas monde. C'est bizarre ! Je n'y ai jamais pensé avant ce jour. Je vous demande une semaine de réflexion avant de vous donner ma réponse. »

Les paroles glaciales de l'étranger imprégnaient les lieux de leurs résonances inquiétantes. Elles ressemblaient à des vers de terre dans un bocal fermé. Enfouies les unes dans les autres. Pas de queue ni de tête. Des bouts de paroles mis les uns après les autres. Au hasard. Je les prenais pour des balles à blanc, faisant plus de peur que de mal. Des mots creux qui, cependant, dérangeaient le ciel dans son indifférence. Je les écoutais, ces paroles, comme les autres, et elles avaient sur moi, malgré toute l'absurdité dont elles étaient chargées, le pouvoir de la destruction. Je mesurais mon néant dans cette parole circulaire qui n'était dite que pour nous assassiner un peu plus.

Sid El Haj El Barakat porta le second verre de thé à sa bouche, avala une gorgée et fit bruire ses lèvres avant de dire à ton père :

– Quel verre de thé ! Allâââh... ! C'est délicieux ! Le deuxième est meilleur. Tu ne trouves pas ? La menthe a eu le temps d'infuser. Je l'ai toujours dit : le premier ne vaut jamais le deuxième, ni le deuxième le troisième. Les gens de nos jours ne savent plus boire le thé. C'est l'époque du Coca et du whisky. Mais rien ne vaut un bon verre de thé à la menthe comme celui-ci. Nos ancêtres ne buvaient que ça ; c'est pourquoi ils avaient une santé de fer et vivaient très longtemps. Le thé, ça lave les intestins, ça fortifie l'organisme, ça stimule l'intelligence et ça éveille les sens. Le thé, il n'y a rien de meilleur. Bien sûr, quelques doigts de whisky de temps en temps ne font pas de mal. Seulement le thé, c'est autre chose ! Bois-en tant que tu voudras, Bouchaïb ; c'est bon pour ta santé. Écoute-moi et fais ce que je te dis. J'ai de l'expérience dans ces choses-là...

Décidément, Sid El Haj était un homme comme il faut, capable de parler du thé et du pet. Un homme digne de tout respect et indispensable à l'État. Ton père se rappela les temps lointains où il pouvait se rassasier de pain d'orge et de thé. La nourriture du pauvre. Le pain de sucre coûtait relativement cher. Il venait d'ailleurs. Le transport, les intermédiaires..., disait-on. L'implantation d'usines sucrières dans le pays permettait d'espérer une baisse de son prix. La nourriture du pauvre devait donc, logiquement, descendre au niveau des petites bourses. Or, en l'espace de quelques années, son prix allait connaître des hausses vertigineuses. Et Sid El Haj demandait à ton père de boire beaucoup de thé. Dans bien des foyers, la consommation de la boisson nationale avait dû être restreinte parce qu'on fabriquait le sucre dans le pays.

Le conteur public commença à parler avec emphase. Il avait pressenti un certain malaise chez les gens qui l'écoutaient. Pour avoir un peu d'air ou pour séduire davantage, la femme avait baissé son voile, juste assez pour que l'on voie ses pommettes saillantes. Tous les hommes présents entraient en elle, et elle les laissait faire. Les uns caressaient les seins, d'autres les cuisses, d'autres encore s'occupaient de ses profondeurs. Noyés dans la chair de cette femme, ils avaient tout oublié : prières, épouses, enfants et foyers. Tout, pour cette chair qui était là et ailleurs à la fois. Qu'ils possédaient et qui leur échappait. Un fantasme gris. Entre le rêve et la réalité. Celui qui l'aurait connaîtrait l'extase et l'oubli dans les entrailles mêmes du désespoir.

Le ciel étoilé ressemblait à un corps de femme parsemé de grains de beauté. Le sexe blanc voyageait à travers l'insomnie des gens. Et ces gens étaient si préoccupés qu'ils n'avaient plus ni la force, ni le courage de regarder le ciel, apprécier le rire et les corps légitimes. Leurs regards menteurs étaient attachés à la terre, fixés sur le goudron où chaque crachat ressemblait à une pièce de monnaie. « Regarde bien devant toi ! me répétait une voix. Cherche bien avec les yeux ! Les gens sont parfois distraits. Tu peux très bien rapporter un sou ou un billet. Avec un peu de chance, un portefeuille. Ouvre les yeux et fixe le sol quand tu marches ! »

Le conteur posa un regard pervers sur la femme et dit :

« À la fin du septième jour, l'étranger se présenta à nouveau devant l'homme riche. Celui-ci était entouré par ses hommes de confiance, ses domestiques soudanais et ses femmes de rêve.

– Qu'as-tu à me dire, l'étranger ?

L'homme posa son baluchon et sa canne sur le sol en gomme arabique et leva les yeux vers le plafond en cannelle. Son regard s'échappa par une coupole en bois de santal ornée de rubis et de diamants. Les étoiles ressemblaient à mille petits points de feu jetés au hasard par une main fatiguée de refaire le même geste chaque nuit. Malgré la richesse des lieux, la nuit était déjà là. L'étranger la sentait en lui, pesante, pressante, ombre menaçante et silence effrayant. L'étranger ramena son regard vers l'or et les rubis et dit d'une voix à peine audible :

– Il est des jours où je ne sais pas parler, où je ne sais pas penser non plus. Je ne suis qu'une parole, pas un faiseur de miracles. J'ai, au fond de moi, des mots pour dire l'exil et la nostalgie, pour raconter les blessures dites ou non dites d'une histoire sombre, sans visage. La mort n'est pas mon domaine. Votre problème est compliqué, car c'est le problème de tout le monde. Et vous refusez de ressembler au commun des mortels. La peur bleue du lendemain hante les esprits fermés au sourire. Je suis une parole dans un corps multiple, à la mémoire absente et à l'histoire déchirée. Votre problème ! Supprimez tout le monde : comme ça, il n'y aura personne pour vous rappeler votre propre mort. Rester seul. Oublier la mort puisqu'il n'y aura plus de morts à attendre. Resteront l'angoisse, la solitude et la culpabilité ! Je suis une blessure dans les mémoires, le regard chargé de haine et de quelques images flottantes. Mon corps usé, enfermé dans une peau étroite, devine l'avenir tracé en pointillés sur une terre sans visage, sans nom et sans histoire... »

Les mots blancs traversèrent l'épaisseur de ma solitude et cognèrent avec force contre ma conscience emmurée dans des souvenirs amères. L'étranger promena son regard insaisissable sur la foule présente et poursuivit son délire :

« Regard tourné vers l'amertume des jours lointains. Je m'avance dans votre mémoire comme un somnambule et je donne une couleur à vos souvenirs, une forme à vos projets. Je suis déjà dans le territoire de la folie, et vous ne pouvez rien contre ma parole. La mort ! Il n'y a que ça de vrai. Il n'y a que ça de juste. La seule affliction devant laquelle les gens soient égaux. La meilleure preuve que Dieu existe. Les cadavres jonchent votre mémoire et vous avez peur qu'ils se réveillent pour vous demander des comptes, qu'ils lynchent vos rêves et colonisent vos pensées. La mort grouille autour de vous, car elle est déjà dans votre peau. Elle demeure la seule certitude. Personne n'y échappe, pas même les riches et les princes. Elle est notre chance pourtant. Que deviendrait le monde si les gens ne mouraient pas ? Y avez-vous pensé ? Mais les autres ne comptent pas pour vous. Seule votre propre viande mériterait d'être épargnée. Elle seule compte à vos yeux. Que vous dire ? Les vers et les fourmis envahissent déjà votre mémoire. Et vous avez peur. On ne peut rien contre cette peur-là. À force d'avoir peur de mourir, vous avez cessé de vivre. Je vous souhaite le bonsoir ! Ma place n'est pas ici. Vous devez aller vous coucher et attendre la délivrance. La muraille de silence s'écroulera un jour d'elle-même. Vous êtes en exil dans votre propre corps. Vous pouvez faire supprimer tout le monde. Cela ne changera rien. La mort ! Si au moins cette idée pouvait vous rendre charitable !...

Furieux, l'homme riche ordonna à ses hommes de faire taire l'étranger, de l'enfermer. Les hommes se précipitèrent tous ensemble, chacun voulant avoir le privilège d'une capture facile. Mais l'étranger avait disparu sans que personne sache comment. Un cône de lumière partait de l'endroit où il était debout et s'échappait par la coupole ouverte sur un ciel étoilé. Aucune trace de l'étranger. Seule sa parole continuait à résonner dans le palais. On fouilla partout. Rien. Dès cet instant, Malkaroûn fut hanté par la voix de l'étranger qui vrombissait dans ses oreilles et lui causait de terribles maux de tête. La chasse au sorcier continua jour et nuit. Mais on ne réussit pas à lui mettre la main dessus. Sa voix répétait dans la tête de l'homme le plus riche de tous les temps :

– Tu crèveras, toi aussi ! Ton âme est prisonnière de ton obsession. La mort reste ton seul salut à présent. Ta dernière délivrance. Et tu n'auras plus la paix jusqu'à ce que tu crèves. Car tu crèveras comme les autres ! Tu crèveras ! Tu crèveras !... »

À la dernière gorgée, Sid El Haj El Barakat déposa son verre dignement sur le plateau, se cala entre deux coussins, croisa ses jambes sous lui et, de l'air le plus fier, s'exclama :

– Bon ! Maintenant, parlons de choses sérieuses ! Quand l'estomac est plein, il dit à la tête de chanter, n'est-ce pas, Bouchaïb ?

Ton père secoua timidement la tête de haut en bas et afficha son sourire d'homme vaincu par la fatalité. Il n'avait même plus la force d'ouvrir la bouche, tant il avait peur de dire une bêtise. Il se contenta de cette mimique imbécile. Il garda son sourire mesquin sur son visage fripé pour montrer à Sid El Haj que sa présence le comblait. Comblé, il l'était. Seulement, avec ses crédits, son avenir sombre, la perspective que tous ces hommes viendraient réclamer leur argent... ton père n'était pas à l'aise.

De la langue, Sid El Haj s'humecta méthodiquement les lèvres. Il sortit ensuite son mouchoir et se moucha bruyamment. Il plia son mouchoir en quatre et le glissa dans l'ouverture de sa djellaba. Puis, l'index de la main droite levé vers le plafond, il dit :

– Au nom de ce grand jour, Bouchaïb, je suis sûr que tu as beaucoup de chance de me connaître ! Je ne dis pas ça pour me flatter devant toi, mais je sais que toute ta chance, c'est moi ! Quelque chose me pousse vers toi. Ce qui existe entre nous, Bouchaïb, c'est plus que de l'amitié. C'est ce que je ressens. Et toi ?

Ton père n'hésita pas cette fois à interrompre Sid El Haj pour l'assurer de son amitié :

– Je te jure, Sid El Haj, que je partage tes sentiments. Je te le jure sur la tête des mes enfants. Tu ne peux pas savoir ce que tu représentes pour moi. Tu es un ami, Sid El Haj. Un frère. Tu es toute ma famille. Je n'ai plus que Dieu et toi. Je suis coupé d'un arbre. Je serais orphelin sans toi...

Sid El Haj ouvrit largement la bouche dans un sourire paresseux.

– Il n'y a pas de doute, Bouchaïb. Nous sommes tous frères en Dieu. Je sais que j'occupe une grande place dans ton cœur. Je veux ton bien et celui de ta pauvre famille. Une jeune fille comme Amina ne doit pas vivre dans la misère. C'est une victime, comme tant d'autres. Elle n'a aucune part de responsabilité dans sa propre destinée. Toi encore, je comprends que tu n'aies rien fait pour être à la hauteur des gens bien. Comme moi, tu avais tous les moyens de réussir ta vie. Être *watani* comme moi ne t'aurait engagé à rien. Tu avais ta carte et cela ne t'empêchait pas de penser à ton avenir en menant tes affaires à droite et à gauche. Si j'ai payé quelques sous autrefois, me voilà en train de les récupérer à présent. Quel dommage qu'on ne se soit pas connu plus tôt. Je t'aurais renseigné, je t'aurais guidé, j'aurais fait de toi un homme d'avenir...

Le conteur public parlait et gesticulait à la lueur de sa lampe à pétrole. La femme bavardait avec ses voisins, faisant des projets pour la nuit. Je me frottai les yeux pour échapper aux visions me montrant des sexes, s'échappant de sa bouche voilée, ses seins ruisselants de sperme... Rien à faire. L'image de cette femme-épave était incrustée dans mon regard pervers. L'homme qui se tenait à sa droite passa son bras derrière elle et plaqua sa main contre l'une de ses cuisses. Elle frissonna de plaisir. L'homme de gauche, plutôt entreprenant lui aussi, avança sa main qui se plaqua sur un quartier de chair. Le corps de la femme fut pris de convulsions. Pour le trio, rien n'existait plus qu'un morceau de chair.

Toi, tu ne vis rien. Le spectacle se déroulait derrière toi. Je me demandais ce qui arriverait si je me joignais aux deux hommes dans la besogne. J'étais encore bien jeune pour ce genre de jeu. On entendit quelques injures lancées au hasard puis les deux individus en vinrent aux mains. Chacun voulait la femme pour lui tout seul. Tandis que les deux adversaires réglaient leur différend à coups de poings, le conteur ramassa ses affaires, empoigna la femme par le bras et ils disparurent tous deux par une ruelle obscure. Nous quittâmes les lieux à notre tour avant que la situation se gâte davantage.

Ton père remercia Sid El Haj, lui baisa les mains une fois de plus. Il se sentait confus de l'avoir déçu. Il n'avait rien fait pour se hisser au niveau des hommes importants. Mais il n'avait rien fait non plus pour mériter cette existence qui l'étouffait injustement. Son père était mort pour le bien de la nation. Lui était encore trop jeune pour qu'on acceptât son sacrifice. Et puis, il y avait les autres à faire vivre. Tous ces autres qui attendaient, avec espoir, la fin du protectorat pour que le pays les récompense et les glorifie. Ton père ne comprenait pas pourquoi le soleil avait brillé pour les uns et pas pour les autres. Pourtant, il était citoyen marocain, signalé sur un registre d'état civil longtemps après la naissance de son dernier enfant. Il avait une carte d'identité, authentique mais périmée, avec ses empreintes digitales. Il faisait ses cinq prières quotidiennes et jeûnait comme tout un chacun. Il ne faisait pas de politique, n'écoutait jamais « le Maghreb des Peuples ». Ses enfants étaient tous légitimes grâce à Dieu et à son épouse humble et soumise. Il était un homme tranquille qui n'aimait pas les complications. Pour lui, la vie sur terre n'était qu'un passage. Il attendait d'être mort pour qu'Allah veuille bien le récompenser. Le Paradis n'est pas une chimère. Mais l'attente devenait affligeante et le ciel demeurait gris tout le temps. Non que ton père manquât d'ambition. Il avait celle de rester simple, modeste et propre. D'un autre côté, il avait tellement envie de goûter à ces fruits de rêve qui viennent à vous dès que vous en formulez le souhait. Goûter à ces rivières de vin et de miel purs qui coulent au Paradis, à la volupté des *houris* éternellement vierges, éternellement belles et éternellement jeunes. Comment voulez-vous que Bouchaïb n'attendît pas la mort avec délectation ? Le Paradis était destiné aux fidèles. Cela ne l'empêchait pas d'y penser avec une certaine angoisse. Et si le Paradis n'existait pas ? Un mirage ? Une illusion ? Mais non, ce n'était pas possible ! Pour ton père, il n'y avait que deux catégories d'hommes : les mauvais et les fidèles. Les premiers iraient en enfer pour leurs mauvaises actions, et les seconds entreraient au Paradis pour leur patience, leur résignation et leur misère sur terre. Dieu est équitable. À chacun son tour. Ta famille était de celles qui devaient attendre.

Tu flânas quelque temps. Les rues sombres et étroites se refermaient derrière toi. Tu te dirigeas vers le café maure. Là, tu retrouvas deux de tes amis : Salah et Brahim, tous deux renvoyés du lycée pour mauvaise conduite. Il régnait là une odeur de kif. Tu racontas la scène de la *Halqa* à tes deux amis. Ils s'esclaffèrent. Salah prétendit avoir assisté à la même dispute une semaine auparavant.

– Dis, Rahou ! Tu peux nous aider à écrire des demandes ?

– Bien sûr ! répondis-tu. Des demandes pour quoi ?

– Au mois de juin, dit Salah, deux concours de recrutement auront lieu, celui de la Douane et celui de la Gendarmerie.

– La Douane et la Gendarmerie ! Mais vous êtes tombés sur la tête ! Avec votre niveau, vous ne réussirez jamais ! Vous êtes incapables d'écrire correctement une lettre. Et même si vous réussissez, quel emploi vous confierait-on ? Portier ou *chaouch.* Réfléchissez avant de vous engager dans une aventure malheureuse !

– Et cette vie que nous menons, répondit Brahim sans joie, ce n'est peut-être pas une aventure malheureuse ? Nous sommes assis là, du matin au soir, attendant que des amis veuillent bien nous faire la charité de quelques bouffées de kif ou d'une gorgée de gros rouge. Nous commençons nous aussi à faire la chasse aux cafards et laissons nos chaussettes pourrir dans l'espoir de gagner un moment d'évasion. Ce n'est pas une existence malheureuse ça ?

– Je vous comprends, dis-tu. Mais vous savez que pour avoir accès à cet univers, il vous faut un piston...

– Ne t'en fais pas, Rahou, dit Brahim, nous connaissons quelqu'un qui est en rapport avec ce milieu. Il nous suffit d'avoir la somme de cinq cents dirhams chacun.

– Et puis, ajouta Salah, la Gendarmerie et la Douane sont des domaines où on fait fortune facilement. Les gendarmes et les douaniers ne perçoivent pas une grosse paie mais cela ne les empêche pas de posséder la moitié des villes où ils se trouvent...

– Et les cinq cents dirhams ?

– On se débrouillera, souffla Brahim. Les ferrailleurs acceptent de nous racheter les pièces des voitures. Nous n'avons pas le choix.

– Ça vous regarde ; mais soyez prudents ! Après tout, la Douane, l'Armée, la Gendarmerie... Voilà nos débouchés. Nous sommes tous les enfants des rues étroites !

– N'en parlons plus, dit Salah. Demain, si tu veux, on se retrouvera ici pour rédiger les demandes.

J'avais de la peine à croire qu'un type comme Salah pût avoir des problèmes d'argent. Son père était l'un des seuls hommes aisés du village. Assez riche pour se permettre de rouler en voiture, d'avoir un commerce florissant et d'être propriétaire de plusieurs maisons.

Depuis que l'enfant avait été renvoyé du lycée, son père considérait qu'il n'avait plus aucun devoir envers lui. L'enfant devait assumer seul son échec et sa vie. La malédiction de Dieu était sur lui et les Anges l'avaient abandonné pour qu'il connaisse l'humiliation. Salah ne rentrait plus chez lui que lorsque son père qui lui avait interdit l'accès au foyer n'était pas là. Sa mère s'arrangeait pour lui faire parvenir de l'argent et de la nourriture. Il dormait chez l'un ou chez l'autre en attendant de retrouver la bénédiction de Dieu et de son Prophète, avec le sentiment douloureux d'être abandonné de tous. Et dans cette atmosphère d'indifférence et de haine, il avait l'impression que même son corps se détachait de lui, que ses souvenirs étaient enfermés dans le vide sonore où résonnait lamentablement le nom de son père. Livré au désarroi, il attendait le moment propice pour se venger de son géniteur. Celui-ci n'attendait rien, sa vengeance étant assouvie.

Sid El Haj El Barakat introduisit son petit doigt dans le trou de son nez, le tourna, le retourna plusieurs fois, le retira, le contempla et, insatisfait, le fit entrer de nouveau, recommença à le remuer méthodiquement. Quand il le retira cette fois-ci, un sourire de satisfaction éclaira son visage pâteux. Le pouce vint récupérer ce que le petit doigt avait rassemblé et, aidé par l'index, Sid El Haj en fit une petite boule qu'il travailla soigneusement. Quand il estima que son travail était achevé, il fit appel à ton père et lui ordonna de tendre le bras. Celui-ci s'exécuta sans discussion. Sid El Haj plaça la petite boule noire sur la paume de la main de ton père qui se leva, sans un mot, et alla jeter la chose noire par la fenêtre. Sid El Haj tira alors son mouchoir, cracha deux ou trois fois sur le bout de ses doigts et s'essuya avec application. Il plia son mouchoir en quatre, s'en épongea le front, avant de le faire disparaître dans la fente de sa djellaba en laine blanche.

Ton père sentait que la conversation sur les choses sérieuses avait de la peine à s'engager vraiment entre lui et Sid El Haj. Après dîner, il s'attendait à ce que son invité lui parlât immédiatement de cette affaire qui lui tenait tant à cœur. Cette affaire pour laquelle il avait tout vendu, tout donné. Il était pourtant persuadé que Sid El Haj, homme modeste et sincère, finirait par tout arranger pour le bien de la famille. Ce qui l'ennuyait, c'était d'avoir à parler le premier. Finalement, ton père se hasarda cependant à placer son mot dans la conversation pour amener Sid El Haj à parler de ce projet :

– Tu sais, Sid El Haj, il y a des gens qui ont vraiment de la chance ! Tu connais Rahmoun, le marchand de charbon ? C'est un type mince, toujours sale. Il possède une petite boutique tout près de la mosquée, juste à côté de la *kissariya*. Tu ne dois connaître que lui !

– Qu'est-ce qu'il a ? coupa sèchement l'invité.

– Il a un cousin en France. Il travaille chez « Bigout ». La semaine dernière, il lui a envoyé un contrat et une valise pleine de vêtements pour les enfants. Il a de la chance, lui. Pas comme moi. Nous étions bien avant la naissance de ce fils maudit. Depuis, rien ne va plus. Une guigne, *Salama !* Rahmoun m'a juré qu'il n'a pas payé un centime. Bientôt, il aura son passeport et pourra aller travailler là-bas. Quelle chance il a ! Allah a voulu que ce soit ainsi. Qu'il l'aide, et qu'il nous aide également !

– Puisque je t'aide, il t'aidera, dit Sid El Haj avec orgueil. Il n'y a pas de raison. Pour Rahmoun, rien ne dit qu'il aura son passeport. Tu oublies que c'est moi qui décide dans cette ville. Aucune parole au-dessus de la mienne ! Tu sais qu'il faut de l'argent pour ton contrat. Beaucoup. Si je n'avais pas tant de dépenses, je t'aurais aidé volontiers. Mais tu sais ce que c'est que la vie ! Mon oncle dit que tout est cher là-bas. Il faut au moins mille cinq cents dirhams. C'est pour payer les frais d'enregistrement, les timbres fiscaux... Il faut graisser la patte là-bas aussi. C'est partout pareil. Tout ça, Bouchaïb, ça se fait avec des sous. On ne peut pas te délivrer un passeport sans un contrat de travail. Tu le sais bien. La loi est formelle sur ce point. Heureusement, j'ai un oncle là-bas ! Ne te fais pas de mauvais sang, mon ami ! Tu récupéreras vite ton argent quand tu arriveras en France ; c'est moi qui te le dis. Tu sais que tu peux me faire confiance. Je suis un homme de parole et d'honneur !

Assis en face de tes amis, tu ne pouvais t'empêcher de repenser aux paroles du conteur. Les mots qui occupaient un recoin de ta mémoire, tu les répétas à Salah et à Brahim :

– Tu mourras toi aussi ! Tu crèveras comme une mouche ! Ce n'est pas à la vie que tu t'accroches, mais à ces objets qui t'entourent, à ces richesses dont tu es l'esclave. Tu crèveras toi aussi ! Et la mort seule est capable de résoudre ton problème. Heureusement d'ailleurs que cette « Chose » existe aussi bien pour les riches que pour les pauvres ! Heureusement !...

Salah éclata de rire. Tous les yeux se braquèrent sur lui. Le rire était rare. Qui riait dans des circonstances pareilles ?

– Depuis quand prend-on au sérieux les dires de ce charlatan ? interrogea Brahim.

– Je ne sais pas, dis-tu simplement. Mais ce soir, ma tête est pleine de sa parole.

– Oublie ça, ajouta Brahim, nous avons mieux à nous raconter.

Les trois amis parlèrent de tout et de rien. Dans un coin, un gamin d'une dizaine d'années inhalait du cirage sans que personne intervienne. Là, on respectait la liberté de chacun. La liberté par la déchéance. Un autre tirait sur un joint mal allumé. Un phénomène extraordinaire s'était produit depuis peu d'années. Le café n'était plus le domaine réservé des adultes. Même les enfants en bas âge y avaient leur place, et ils contribuaient, dans une large mesure, à son essor. Là, les voleurs à la tire, les chômeurs, les homosexuels et les vieillards se rassemblaient. C'est là désormais que se nouaient les relations douteuses. Les hommes adultes, friands de croupes jeunes et fraîches, y trouvaient un terrain favorable à leur inspiration. Contre un paquet de cigarettes, quelques doses d'alcool ou une promesse d'emploi, ils arrivaient à donner une forme à leurs désirs pervers. Autrefois, il y avait la misère. Mais il n'y avait pas le café. À présent, il y avait la misère et le café. Le comble de la débauche.

Pour la seconde fois, ton père interrompit son invité :

– Mais Sid El Haj, j'ai déjà payé deux fois pour ce contrat ! Deux mille et mille sept cent cinquante dirhams ; ce n'est pas juste !

– Eh bien, Bouchaïb ! Si ce n'est pas juste, il ne te reste plus qu'à renoncer à ton merveilleux projet. Je connais des gens qui ont payé bien plus que toi et n'ont jamais rien eu parce qu'ils se sont mis en cheville avec des hommes sans parole. Tu sais que dans cette affaire, je n'ai ni chameau ni chamelle. On le dit : « Ne fais pas le bien et aucun mal n'arrivera ! » Tout ce que je fais, je le fais pour te rendre service car tu es mon ami. Je cherche ton bonheur et celui de ta fille, Bouchaïb. L'argent que tu as versé au début a servi à la préparation du terrain. Rien n'est facile de nos jours. Tu sais ce que c'est. Même là-bas, il faut lâcher du blé pour arriver à ses fins. Je t'avais prévenu. À présent, si tu n'as plus confiance en moi, dis-le tout de suite ! Demain, je téléphonerai à mon oncle pour lui dire d'arrêter ses interventions. Un contrat, c'est ce qu'il y a de plus difficile à obtenir. Quant à ton passeport, je te promets que tu l'auras en moins de vingt-quatre heures. L'essentiel, c'est le contrat...

Honteux, ton père se leva et baisa la tête de Sid El Haj. Il lui baisa aussi les deux mains et lui demanda pardon à genoux. Sid El Haj profita de ce moment de faiblesse pour reprendre la situation bien en main :

– Que crains-tu au juste ? Je suis là, moi, et tu n'as rien à craindre ! Demain, In Châa Allah, tu récupéreras ton argent, et plus vite que tu ne le penses. Sais-tu au moins combien touche un ouvrier là-bas ? Il gagne quinze dirhams l'heure. Le samedi, le dimanche et les jours fériés, il gagne le double. Tu te rends compte ! El Haj M'barek te vole. Dix dirhams par jour ! Quelle misère ! Tu vois quel avenir merveilleux t'attend ! Supposons que tu ne travailles que dix heures par jour. Cela te fait déjà...

Il fouilla dans sa poche et en sortit son stylo plaqué or. Ton père alla lui chercher une feuille de papier qu'il défroissa sur la table du revers de la main. Sid El Haj nettoya le bout de son stylo avec le pouce puis il se lança dans de longues opérations mathématiques. Enfin, il leva les yeux, l'air triomphant :

– Ce n'est pas possible ! dit-il. Quand je disais que la bénédiction te suivait ! Pour dix heures de travail par jour, tu gagnes déjà cent cinquante dirhams ! Tu te rends compte ! Ne me dis plus que tu n'as pas de chance, je n'accepterai plus ça de toi...

En plus de l'odeur du kif, régnait dans le café une odeur de fatigue et de désespoir. La fatigue d'être là à ne rien faire, et le désespoir de savoir que le lendemain rien ne changerait. Tuer le temps. Tuer son corps et sa mémoire. Passer inaperçu entre quelques engueulades, des boîtes de cirage à moitié vides et une pincée de cendre. Les nattes humides et trouées par endroits étouffaient un peu l'angoisse de ces jeunes désœuvrés. L'oubli. Tous ceux qui étaient là venaient chercher l'oubli dans quelques bouffées de kif. L'oubli se vendait. Et il se vendait cher.

Dans cette vie, il n'y avait de place que pour les enfants des gens aisés. Ceux qui savaient s'adapter à toutes les situations. Qui savaient s'arranger avec les fonds publics. Qui trouvaient des combines pour ne pas payer les impôts. Ceux dont les enfants réussissaient régulièrement et n'étaient pas inscrits au service militaire ni au service civil. Ceux dont les épouses possédaient des salons de coiffure et des comptes en banque dans les Pays du Golfe. Ceux dont les voitures roulaient à l'œil parce qu'ils avaient un cousin ou un copain dans l'Armée. Ceux qui possédaient des villas entourées de très hauts murs pour empêcher les regards envieux et curieux de s'y infiltrer. Ceux qui confondaient les biens de l'État et leurs biens propres. Ceux qui passaient régulièrement des vacances à l'étranger aux frais de l'État. Ceux qui assistaient toujours à la prière du Vendredi. Ceux qui allaient à La Mecque une fois par an. Ceux qui connaissaient des gens influents...

Ma mémoire refusa d'aller plus loin dans l'énumération des privilèges dont jouissaient certaines familles. J'essayai de comparer avec le passé. L'avenir ne serait pas meilleur. L'enfer sur terre ?

Salah se pencha en avant jusqu'à te toucher du front et te dit sur un ton sarcastique :

– Il paraît que Sid El Haj dîne chez vous ce soir !

– Et qui t'as mis au courant ?

– Rien ne se cache dans ce foutu trou. Un sou d'encens embaume toute la ville !

– Ce ventre de l'adultère ! Il n'a pas fini de plumer ton père ?

– Entre nous, mon père n'a que ce qu'il mérite ! Il s'est couvert de dettes pour ce maudit contrat qu'il n'aura jamais. El Haj El Barakat est un fils de pute ; mais qui veut l'entendre ?

– Tu sais, Rahou, ce n'est pas la faute de ton père. C'est la faute à la misère. Je suis bien plus jeune que lui, je n'ai pas de responsabilité, et pourtant, je suis prêt à tout pour avoir du boulot. Ce n'est pas drôle d'avoir faim tous les jours et de tendre la main. Il faut le dire clairement : nous sommes un peuple corrompu et nous n'avons que ce que nous méritons. Comme nous n'avons pas de droits et ne connaissons pas nos devoirs, nous faisons parler l'argent à notre place. Vous savez, notre terre ressemble à un échiquier où aucun pion n'est à sa place. Malgré tout, la partie continue... vers l'échec !

– Et pourtant, Dieu sait si notre terre est riche. Mais Allah n'aime pas le gaspillage. Il n'aime pas la débauche non plus, ni l'injustice.

Ton père fixait du regard les chiffres qui s'alignaient sur la feuille froissée. Il était si convaincu de la sincérité de Sid El Haj qu'il eut l'impression étrange d'être un homme riche. Lui qui n'avait encore jamais touché de ses doigts un billet de cent dirhams ! À cet instant, toute la chambre n'était que pièces et billets de banque.

Voyant qu'il avait réussi à impressionner son hôte, Sid El Haj fit encore jouer la bille de son stylo sur la feuille de papier à moitié noircie par les chiffres.

– Voilà ! dit-il avec la voix du Messie. Si nous multiplions quinze dirhams par dix heures de travail, ça te fait cent cinquante dirhams par jour. C'est très intéressant, non ? Et si tu veux faire le fainéant là-bas et ne bosser que cinq jours par semaine, ça te fait déjà sept cent cinquante dirhams pour une misérable petite semaine de cinq jours. Sept cent cinquante dirhams ! C'est le salaire mensuel de deux petits fonctionnaires ici. En plus, tu as le samedi et le dimanche pour te reposer et visiter la ville...

Ton père s'empressa de rassurer Sid El Haj après lui avoir baisé la tête et les mains :

– Je te jure Sid El Haj que je ne serai pas fainéant ! Je travaillerai aussi le samedi et le dimanche. Tu sais que j'ai besoin de cet argent. Je te jure que je ne t'oublierai pas Sid El Haj ! Toi tu ordonnes et moi j'exécute !

– Je sais, je sais, intervint l'invité. C'est pourquoi je suis de tout cœur avec toi dans cette affaire qui me prend tout mon temps. Mais revenons aux choses sérieuses ! Puisque tu me promets de travailler la semaine entière, ça change tout. Tu percevras donc sept cent cinquante dirhams pour les cinq premiers jours de la semaine et six cents dirhams pour le week-end. Ce qui te fait en tout mille trois cent cinquante dirhams par semaine. Tu te rends un peu compte, Bouchaïb ! Mille trois cent cinquante dirhams pour une petite semaine de travail ! Qu'est-ce que tu en dis ? N'est-ce pas magnifique, ce que je suis en train de réaliser pour toi et pour ta famille ? Tu sais, Bouchaïb, je t'envie pour la chance que tu as. Moi, par exemple, je ne peux pas partir. J'ai une lourde responsabilité ici. Et il faut bien que quelqu'un reste...

– Mille trois cent cinquante dirhams par semaine, répéta ton père dans un souffle. Mille trois cent cinquante dirhams ! Mais c'est le paradis là-bas !

– Je te le disais. Dans deux semaines, trois au maximum, tu auras récupéré tout ce que tu auras dépensé ici pour les papiers. Tu n'as rien à craindre. Fais-moi confiance ! C'est la richesse que je t'apporte, Bouchaïb, la richesse et la belle vie !

– Dieu prolonge ta vie, Sid El Haj ! Je te remercie et remercie Dieu de t'avoir placé sur mon chemin. Je ne sais vraiment pas ce que je serais devenu sans toi. Je n'oublierai jamais le bien que tu fais pour moi. Je suis ton esclave aux joues flétries. Tu n'as qu'à ordonner, j'exécuterai tes ordres aveuglément. Tu te rendras vite compte que je ne suis ni ingrat, ni oublieux. Je sais ce qui me reste à faire pour les gens qui m'ont rendu service. Trouve-moi ce contrat, délivre-moi ce passeport et je suis prêt à partager avec toi ce que je gagnerai. Je suis prêt à te signer une reconnaissance de dette si tu as peur que je me retourne contre toi ! Tu as raison de te méfier, Sid El Haj ! Le monde est plein d'escrocs. Mais, moi, je ne suis pas comme ces gens-là. Tu me connais. Je n'ai qu'une parole !

– Chaque chose en son temps, dit Sid El Haj. Ne précipite jamais les choses ! C'est ton défaut, et c'est ce que je n'aime pas en toi. Avec de la patience on mange les aubergines ! N'est-ce pas ? Ces choses-là doivent être faites dans le calme et avec sagesse. Laisse-moi m'en occuper. Tu n'as qu'à trouver l'argent pour que mon oncle active un peu les choses là-bas. Mais, crois-moi ! C'est comme si c'était fait. Tu peux même commencer à te préparer pour le voyage. Tu peux déjà aller dire adieu à la famille dans le bled. Je te promets que d'ici un mois, au plus tard, tu seras en France. Je n'ai qu'une parole !...

– Dieu seul est capable de te récompenser, Sid El Haj ! Dieu seul est capable de te récompenser !...

Dans un coin du café, un groupe d'adolescents jouaient aux cartes pour de l'argent. Des jeux d'adultes. Ils étaient calmes au début. Puis, au fur et à mesure que l'argent tournait, les voix s'élevaient de plus en plus fort. Le propriétaire des lieux intervenait de temps en temps pour apaiser les esprits. Il leur offrait le thé pour éviter les bagarres. Des injures fusaient çà et là. Les amateurs de cirage et de joints étaient au septième ciel. L'air était pesant, les corps absents. Les mouches exploraient les narines dilatées et les bouches ouvertes. L'absence était là.

Dans un autre coin, assis face au mur, le fou racontait son histoire à une tache d'encre. On disait que sa femme lui avait jeté un sort. Il fréquentait une prostituée qui l'avait rendu impuissant. Le cadenas. Il ne pouvait plus « le » remuer. Pour qu'il retrouve sa virilité, il devait trouver la clé qui ouvrirait le cadenas. Pour cela, il devait d'abord retrouver la raison. On conseilla à sa famille de se rendre à Marrakech pour consulter un *fqih*. Lui seul était capable de le faire sortir de l'affliction où il se trouvait. Mais cela faisait beaucoup de frais. Personne dans sa famille n'estimait son déplacement nécessaire. Avec un peu d'astuce et de chance, on finirait peut-être par la trouver, cette clé. Quant au sort que son épouse lui avait jeté ? Tout le monde l'avait pressenti : c'était une femme dangereuse. On l'avait mis en garde : « Épouse ta cousine ! Elle te respectera pour les liens du sang. Ta cousine, c'est mieux qu'une étrangère. C'est ta chair et ton sang ! » Il n'avait pas écouté les conseils de sa famille. Celle-ci n'arrivait pas à oublier cette haine qui s'était établie entre elle-même et son fils. Il avait épousé cette femme sans le consentement des siens. Quelques méchantes langues prétendaient même que c'était Dieu qui l'avait puni de son insubordination ; il lui avait ôté la raison. Les femmes lui avaient ôté la virilité. Il n'était plus qu'une loque humaine. Chaque soir, à la même heure, il racontait ceci à la tache d'encre :

« Dieu a déserté le ciel, paraît-il. Il est dépassé par les événements. Tout continue à lui obéir magnifiquement, sauf l'homme. On dit même que les Américains et les Russes tentent de le ramener sur terre. Ils envoient des flics sur la lune pour ça. Et comme ils ne réussissent pas, ils envoient des femmes pour le séduire. Le monde est devenu fou. Il faut s'attendre au pire. Un jour, ils provoqueront sa colère. Alors, plouf ! Et le haut deviendra le bas. C'est moi qui te le dis. Ma femme est revenue ce matin. Elle m'a supplié de la reprendre. J'ai refusé. J'ai ma dignité et ma fierté. Toutes des putains ! Me faire ça à moi ! Quinze ans de vie commune. Tuer mes puces et passer ma chemise à l'eau de Javel. As-tu déjà vu ça ? Je suis bien comme ça. Je parle, je cours les rues, je ris, je vis et n'ai de comptes à rendre à personne. Les gens sont devenus mauvais. On veut tout pour soi, rien pour les autres. Et rien ne satisfait plus l'être humain. Le mensonge et la corruption, voilà notre vie. Il faut dire que nous le méritons. Et nous manquons de sauterelles. Il n'y a que le sourire d'un enfant qui soit vrai, le chant d'un oiseau. Tout le reste n'est que mensonge et corruption. Tu sais qu'ils me veulent tous du mal parce qu'ils estiment que je suis plus veinard qu'eux ! Après tout, c'est vrai. Je ne m'encombre pas la mémoire de leurs stupidités. Je n'ai pas d'impôts à payer, pas de loyer, pas d'électricité, rien ! Je vis pour moi. Je ne pense qu'à moi. C'est de l'égoïsme me diras-tu. Mieux vaut être égoïste que penser du mal des autres. Tout à l'heure des enfants m'ont poursuivi dans la rue et m'ont traité de fou. Je n'ai pas répondu. On ne répond pas à l'agressivité des enfants par la violence. Il y en a qui les matraquent à coups de manche de pioche. C'est fragile un enfant ! Tu sais, j'ai rêvé d'un ciel plein de gosses. Ils jouaient avec les anges. Ils étaient heureux. Le soleil les surveillait. Mais il n'y a plus de place pour les enfants dans cette nouvelle existence. C'est peut-être mieux ainsi. Si c'est pour les assassiner ensuite, ce n'est pas la peine. Et les murs sont muets. Les oiseaux ont déserté cette terre et les fleurs n'y poussent plus. Un jour, les rats se boufferont entre eux. Il ne nous restera alors qu'à ramasser les miettes de leur histoire. Maudits soient les injustes et les corps d'orgueil ! Nos murs sont devenus des cercueils ! Quelle époque !... »

Le fou parla encore longtemps à la tache d'encre. Les trois compagnons suivaient discrètement son monologue, dans une chaleur étouffante. Le café était bondé et envahi par la fumée. On respirait mal. Au comble de l'agitation, le patron répétait de sa voix sans tendresse :

– Ceux qui ne consomment pas sont priés de débarrasser le plancher !

Des cris jaillissaient de partout et des injures. On distinguait à peine ce qui se passait à travers la fumée dense. Un vieillard s'avança vers l'amateur de cirage, le secoua, lui passa la main sur le visage et sur les fesses et dit :

– Que fais-tu là *Ya oulidi*, mon fils ? Retourne auprès de ta mère ! Ta place n'est pas ici. À ton âge, tu devrais trouver quelqu'un pour s'occuper de toi. Je pourrai te prendre chez moi si tu veux ! Réveille-toi et réponds-moi ! Je vis seul, sans femme et sans enfants. Veux-tu venir briser ma solitude et vivre sous ma protection ? Réveille-toi et suis-moi ! Viens ! Tu verras que ma générosité est grande. Lève-toi !...

Le vieillard était accroupi sur la natte humide et nauséabonde. Sa main tremblante allait et venait sur la croupe du jeune enfant qui ne réagissait pas. Tu promenas ton regard sur le plafond et les murs noircis, à la recherche d'une issue. Dehors, la nuit enveloppait le monde de son amertume. Sur le pas de la porte, le patron vous souhaita la bonne nuit en ces termes :

– Que Dieu remplisse votre nuit de bonheur et de quiétude ! Bande de fainéants ! Regardez-moi un peu ces fils de putes ; on dirait des enfants de ministres alors qu'ils ne possèdent pas un rond en poche. Ils viennent tous les jours encombrer mon café sans bénéfice pour moi. Les autres prétendent que je gagne beaucoup d'argent. Forcément, le café est toujours plein. Les gens des impôts m'assomment chaque année. C'est de l'air que je gagne, oui ! Tout ce que l'école rejette, je le ramasse. Comme si j'étais la poubelle de la ville ! Au lieu d'aller chercher du travail, ils viennent gaspiller leur temps ici. Il me tarde que vous partiez. Montrez-moi la semelle de vos chaussures et oubliez un peu cet endroit ! Dieu fasse que nous nous apercevions de nos défauts avant que les autres les découvrent !

Habitués à ces lamentations entendues chaque nuit, vous n'aviez pas réagi. Ce qui ne vous empêcherait pas de revenir. Et où seriez-vous allés ?

Sid El Haj El Barakat consulta sa montre-bracelet en or massif et se leva. Il était près de minuit.

– Il est tard, Bouchaïb. Je dois rentrer si je ne veux pas que les cambrioleurs me laissent sur le ciment ! J'ai un gardien fainéant. La femme et les enfants sont à Fès. Je les ai envoyés se recueillir sur la tombe du saint Moulay Driss et passer quelques jours chez mes beaux-parents. Ça me fait des économies. Et le soir, ma tête me fait moins mal. Amina ! Apporte-moi mes babouches ! Que Dieu te bénisse !

Quand Amina apparut dans l'encadrement de la porte, le regard de Sid El Haj s'illumina et se promena longuement sur le corps, à peine pubère, de ta sœur. Les yeux étaient grands et la bouche sensuelle. Ses cheveux noirs coulaient en cascade sur son dos. À la hauteur de la poitrine, Sid El Haj devina deux seins durs et provocants.

Amina se baissa et plaça les babouches devant Sid El Haj. Quand elle se releva, la main moite de l'homme était dans ses cheveux.

– Qu'Allah te bénisse, ma fille ! Quand tu seras grande, je te trouverai une place dans le *Makhzen*. Je suis très influent et j'ai des relations partout. Tu peux compter sur ton oncle Sid El Haj. En attendant, travaille bien à l'école et je te promets une bonne place dans l'administration publique. À l'abri du besoin et des enfants de l'adultère...

La main moite avait abandonné les cheveux et caressait la nuque de l'enfant sous le regard comblé du père, lequel se précipita sur la main libre et la couvrit de baisers.

Sid El Haj posa sa lourde main sur l'épaule nue de la jeune fille et l'entraîna jusqu'à la sortie. Puis, avant de disparaître, il se tourna vers Bouchaïb :

– Dans trois jours... N'oublie pas de m'apporter l'argent ! Si je n'ai rien d'ici là, je conclus que tu as renoncé à la richesse et à la belle vie qui t'attendent là-bas. Écoute ! J'ai une idée. Donne l'argent à Amina. Elle me l'apportera chez moi et en profitera pour faire un peu le ménage à la maison. Je lui expliquerai la marche à suivre pour ton passeport. Elle va à l'école, elle comprendra plus facilement...

Sid El Haj ouvrit la portière de sa voiture et se calfeutra dans le siège. Il tourna la clé de contact et la Mercedes 240 D métallisée s'enfonça lentement dans la nuit, entraînant derrière elle un épais nuage de poussière. Quelques mioches suivirent la voiture en courant. Deux d'entre eux essayèrent de s'asseoir sur le pare-chocs en s'agrippant aux ailes. Sid El Haj jeta un coup d'œil dans le rétroviseur, accéléra, puis donna un coup de frein sec. La tête des deux enfants cogna contre la tôle du véhicule et ils roulèrent dans la poussière.

Bouchaïb regarda la belle voiture s'éloigner dans le noir pressant de la nuit. Son esprit l'emmenait au-delà de la Méditerranée. Dans son regard, la rue n'était qu'une grande Mercedes métallisée.

Un long moment, il resta cloué à son rêve avant de rejoindre sa misère.

Ton père jura tous les saints qu'il vengerait la mort de sa fille. Il s'arma d'un couteau de cuisine mal aiguisé et se précipita à la recherche de l'homme de l'autorité. Mais avant qu'il arrive jusqu'à lui, quatre *mokhaznis* secs, au regard méchant, l'interceptèrent dans le couloir de la Municipalité, le neutralisèrent et le traînèrent jusqu'au commissariat de police. Il y passa une semaine durant laquelle il put apprécier l'hospitalité des lieux. Ensuite, il fut présenté devant le juge d'instruction qui apporta les dernières retouches à son dossier.

Après avoir entendu les témoins, le tribunal condamna Bouchaïb à vingt ans de réclusion criminelle pour tentative d'assassinat sur un fonctionnaire respecté de l'Administration publique et propos injurieux proférés à l'encontre des hautes autorités de l'État.

> Vous m'avez appris à parler et tout le profit que j'en ai tiré, c'est de savoir maudire : que la peste rouge vous emporte pour m'avoir enseigné votre langue.
>
> SHAKESPEARE

Le jour de notre départ d'Azrou, ta mère et toi étiez venus nous faire vos adieux. Mi vous avait préparé du thé à la menthe, puis les deux femmes avaient pleuré. J'étais exaspéré. Toi aussi, et je vis briller dans tes yeux cette lueur magnifique qui n'appartient qu'aux désespérés.

La veille, Mi avait ficelé ses valises avec tous nos souvenirs fripés, comme l'était notre existence. Ensuite, elle était allée au cimetière visiter une dernière fois la tombe des morts qui avaient compté dans sa vie. Elle avait emporté un petit baluchon où elle avait mis quelques morceaux de pain et des figues sèches pour les mendiants du cimetière et les lecteurs du Coran.

La fille des voisins l'avait accompagnée. Elle avait sept ans et était revenue dans sa famille après une absence de deux années. Elle était domestique dans une famille bourgeoise à Fès. Contre vingt-cinq dirhams par mois, elle faisait les petits travaux dans la grande maison de ses maîtres. Elle devait faire briller les carreaux, laver la vaisselle, nettoyer le sol, éplucher les légumes... Elle faisait les lits, lavait le linge des enfants et les slips de son maître, faisait les courses chez l'épicier. Sa maîtresse lui avait appris à pétrir le pain et à rouler le couscous. Elle couchait dans la cuisine parmi les casseroles et les assiettes. Ses parents étaient fiers d'elle. Leur fille apprenait son rôle de femme. Le jour de son arrivée, tous les enfants du quartier s'étaient moqués d'elle. On lui avait tondu la tête à cause des poux. Elle portait des sandales en plastique et un vieux jeans délavé pour garçon. Un chandail en laine lui tombait sur les genoux.

Ta mère et la mienne pleuraient de plus belle. Tu posas sur moi ton regard inquisiteur et je compris que tu voulais que nous sortions. Je me levai. Les deux femmes s'arrêtèrent de pleurer. Mi s'essuya les yeux avec son voile et, se retournant vers moi, elle me lança :

– Ne t'éloigne pas ! Le camion ne tardera plus maintenant. Il faut que tu sois présent au moment du chargement. Tu sais comment sont les déménageurs : voleurs et fainéants !

Puis, se retournant vers ta mère :

« Ahmed Bouhilat (le Rusé) nous a fait un bon prix, que Dieu lui garde ses enfants. Cinq cents dirhams d'ici jusqu'à Essaouira. Il m'a juré que c'était juste le prix du carburant. Un homme qui aime faire le bien. Que Dieu lui donne la santé !... »

Mes sœurs pliaient les dernières couvertures. Nos mères se remirent à pleurer. Des larmes silencieuses mais sincères. Nous sortîmes, toi et moi. La rue était déserte. Nous fîmes quelques pas sans parler. Tu me pris par la main. J'étais gêné. De ta voix nasillarde, tu ouvris la conversation :

– Tu sais ! Je suis profondément peiné de votre départ. Profondément...

Je n'avais aucune envie de parler. Je savais que tu étais sincère. Tu étais un ami. Un ami de toujours. Nous nous étions connus à l'École musulmane. Nous étions dans le même cours chez Chakabi Daïf (le Squelettique).

– C'est la vie ; que veux-tu ?

– Comme elle peut être bête, parfois !

Je n'étais pas doué pour la langue arabe. Tous ces problèmes de conjugaison, de grammaire, de voyellation... me dépassaient. Je m'intéressais davantage à la langue française. J'en avais besoin dans mes relations quotidiennes avec Nicole. Je l'aimais. Pour tout ce qu'elle représentait de beau et de propre à mes yeux. Mais elle était indifférente aux progrès que je réalisais.

– C'est nous qui sommes bêtes !...

Cette phrase buta contre le silence et sombra dans l'oubli. Un jour, tu avais partagé ton bol de soupe avec moi. C'est ainsi que nous étions devenus amis. Depuis, le destin n'avait plus osé nous séparer.

À midi, nous mangions à la cantine scolaire. Vers onze heures déjà, notre esprit se verrouillait aux lettres et aux mots. Nous pourchassions, dans une demi-inconscience, l'odeur des fèves et des pois chiches. Un peu avant midi, la grande marmite était au centre de la cour de récréation. Ba Mouhamad tournait inlassablement la soupe avec sa longue louche en bois. Dès que la cloche tintait, nous nous précipitions hors des classes, les bras tendus vers la nourriture. Nous nous alignions seulement quand M. Noble intervenait avec un bâton. Nous passions l'un après l'autre devant Ba Mouhamad qui nous donnait un quart de pain et une louche de soupe. Ensuite, nous allions nous installer sur un bloc de pierre dans un coin.

– J'aimerais bien venir avec toi !

Tu serrais très fort ma main dans la tienne. Je fis semblant de n'avoir pas entendu. Une lueur de désespoir traversa ton regard. Tu répétas :

« J'aimerais venir avec toi ! »

Je ne te répondis pas. Que t'aurais-je dit ? Que je refusais que tu partages notre misère, ou que nous ne pouvions t'accepter parmi nous. Ce n'était pas facile. Ni pour toi, ni pour moi. Ce n'était même pas possible.

Ba Mouhamad versa une louche de soupe fumante dans ma boîte de « Guigoz » vide. Il en ajouta même un peu ce jour-là. Ce n'était pas dans ses habitudes.

– Prends cette boîte ! m'avait dit Mi. Elle ne se rouillera pas et elle est légère à porter ; elle est en aluminium !...

Le métal me brûlait les mains. Je cherchai des yeux une pierre libre et m'avançai avec précaution. Dans la mêlée d'élèves, quelqu'un avança le pied et je trébuchai. Je m'étalai de tout mon long sur le sol, le visage dans la soupe. Tout le monde éclata de rire. Les larmes aux yeux, je crispai mes mains sur le gravier. Tu avais prévu ma réaction et tu vins m'aider à me relever. M'arrachant la pierre que j'avais ramassée, tu m'accompagnas jusqu'aux toilettes où je me lavai. Ensuite, tu me proposas ce qui restait dans ton bol en terre cuite.

– Ne t'en fais pas pour ça, me dis-tu ! Prends ma soupe ! Aujourd'hui, je n'ai pas faim. Ce soir, Hida paiera cher sa mauvaise plaisanterie. Parole de Rahou !

Après le dernier cours, tu avais battu Hida comme tu me l'avais promis. Depuis ce jour, nous étions devenus inséparables.

Ensemble, nous allions connaître des moments agréables, mais aussi bien des désagréments.

– Est-ce qu'on se reverra un jour ?

Je n'osais rien te promettre. On m'avait dit que la ville d'Essaouira était à près de six cents kilomètres d'Azrou.

Tu lâchas ma main. Combien d'heures devrais-je encore supporter ce supplice? Je m'enfonçais dans ta tristesse avec une certaine culpabilité. C'était comme si je t'abandonnais. Comme si je n'éprouvais aucune amertume de cette séparation. Toi au moins, tu ne connaîtrais ni le dépaysement, ni l'exil.

Tu savais que j'étais faible en arabe. Depuis que nous étions devenus amis, tu faisais tout pour m'éviter les humiliations de l'instituteur et les moqueries des autres. Tes cours du soir ne servaient pas à grand-chose. Mes progrès étaient nuls. Je ne m'intéressais pas à l'arabe parce que Nicole parlait français et parce que les instituteurs marocains étaient si cruels, si malintentionnés qu'ils réussissaient à me faire détester davantage cette langue dont j'avais pourtant besoin, et qui avait besoin de tous ses enfants. Leur agressivité était bestiale. Celle des instituteurs français se réalisait dans un raffinement de cruauté. Entre les deux, nous ne savions quelle voie suivre. Nous ne savions même pas qui nous étions. Tous les autres devaient s'incliner devant les deux déchirures jusqu'à l'anéantissement. Pour moi, Nicole était française. Son image avait tracé mon chemin. Voyant que je me désintéressais de l'arabe malgré les brimades et les châtiments répétés de Chakabi Daïf, tu avais recouru à la ruse.

Le matin, tu te levais de bonne heure et, en passant près de la demeure de l'instituteur, tu poussais le verrou. Tu ne faisais qu'un geste et Chakabi Daïf était enfermé chez lui. Souvent, personne ne lui ouvrait et nous étions débarrassés de son humeur acerbe. Quand quelqu'un lui ouvrait, il arrivait en retard et n'avait pas le temps de nous battre tous.

– Ne gâche pas une amitié si précieuse.

Tu baissas les yeux. Je continuais à marcher près de toi. Tu portas la main à ton visage et essuyas une larme furtive qui avait coulé sur ta joue. Je feignis de ne m'être aperçu de rien. J'étais honteux de ne pas avoir de larmes.

– Si Dieu veut que nous nous revoyions, personne au monde ne pourra aller contre sa volonté. Ne te pose pas trop de questions.

Deux fois déjà, tu t'étais tourmenté pour notre amitié.

– Si jamais je te revois avec cette bande de pédés et d'enculeurs de gamins, je t'ouvre le ventre avec ce couteau !...

Le père brandissait un couteau de cuisine devant moi. Je tremblais. Mi pleurait et implorait l'aide du Seigneur. Mon pantalon était mouillé.

Je me rappelai les recommandations de Mi :

– Ne t'éloigne pas ! Le camion ne tardera plus à présent !...

Je m'arrêtai. Tu tiras une cigarette de ta poche et l'allumas. Une prostituée ouvrit sa porte et nous invita à venir contempler ses charmes. Tu jetas ta cigarette et l'écrasas avec le bout de ta sandale en caoutchouc.

– Venez ! Ô enfants de la bénédiction ! Vous avez besoin d'un vagin propre et bien chaud ? Eh bien, vous ne pouvez pas trouver mieux ailleurs. Je reviens du bain. C'est une chance pour vous. Je l'ai bien lavé, bien rasé, bien parfumé. Entrez mes enfants ! Votre prix sera le mien ! Venez !

Je la regardai sans bouger. Elle avait à peu près le même âge que ma mère. Voyant que son langage ne nous excitait pas, elle souleva sa robe et nous montra sa nudité.

« Regardez-le ! N'est-il pas mignon ? N'ayez pas peur de moi ! Je ne vous boufferai pas. Regardez bien avant de vous décider ! La marchandise est là, fraîche et propre. Vous avez raison de vous méfier. Certaines putes nous salissent le métier. Moi, je ne vous vends pas le poisson au fond de l'océan. Regardez bien ! Il est propre et net. Cinquante réals ; ce n'est pas cher ! Allez, venez mes enfants !... »

Tu t'approchas de la femme et lui envoyas ton poing sur la figure. Elle laissa tomber sa robe, referma sa porte et se mit à nous insulter :

« Enfants de l'adultère ! Que Dieu maudisse la religion de votre mère ! Vous me paierez ça ! Vous verrez ! Les proxénètes de votre espèce, je leur enfonce des bougies dans le cul ! Je vous connais ! Le meilleur d'entre vous se fait enculer pour un mégot ! Fils de putes ! Que Dieu arrache votre racine !... »

Je te regardais sans comprendre. Je t'empoignai par le bras et nous retournâmes sur nos pas.

– Laisse-moi ! Tu n'es qu'un bâtard !...

Je m'arrêtai. Tu t'arrachas à mon bras et continuas seul ton chemin. Je te regardais marcher devant moi. Je n'entendais que le bruit mat de tes pas dans la rue étroite. Je t'appelai. Tu ne t'arrêtas pas.

Après notre première mésaventure, tu m'avais dit :

– Écoute ! Rien ne peut nous séparer. Personne ne peut nous empêcher de nous voir en cachette, si tu as peur de ton père. Nous craignons tous quelqu'un : un père monstre, un oncle tyran ou un frère indigne. Mais nous sommes copains. Eux, ils ne comprennent pas. L'amitié pour eux, c'est de la merde. Ils ont réussi à convaincre le proviseur du lycée et il nous a séparés. Ce n'est rien. Quand on est amis comme nous le sommes, rien ni personne ne peut porter atteinte à une telle amitié. À condition que nous le voulions, bien sûr ! S'ils persistent à nous persécuter, nous fuirons. Nous irons vivre ailleurs !...

Tu parlais sans réfléchir. Tu ne savais pas ce que tu disais. Vivre ailleurs ! Où ? Comment ? Je te laissai parler et te fis croire que j'étais de ton avis. Je te craignais un peu, sans doute.

Dans la jeep de police qui nous emmenait au commissariat, tu me dis :

– N'aie pas peur ! Ils n'oseront rien nous faire. Nous sommes encore mineurs. Quand cette sale affaire sera réglée, j'étranglerai ce fils de pute !...

C'était la première fois que nous avions affaire à la police. Je tremblais sur le siège froid. Dans une petite pièce carrée, sans fenêtres, nous retrouvâmes Salah et Brahim. Ils étaient assis à même le sol. Ils avaient passé la nuit là. Toi et moi, nous avions pu échapper à la police. Je remarquai que Salah et Brahim n'avaient ni ceinture, ni lacets de chaussures. La lourde porte en fer fut verrouillée derrière nous. Tu allas t'asseoir près de Brahim et m'invitas à en faire autant.

À l'époque, nous avions tous les quatre entre treize et quinze ans. J'étais le plus jeune. Mon père répétait souvent que j'avais une tête de prisonnier. Je me demandais si ce n'était pas vrai. Étais-je maudit pour en arriver là ? Sûrement puisque tous les prisonniers sont des malfaiteurs, maudits par Dieu et par autrui.

– Écoutez ! nous dit Salah. Nous ne devons rien dire à la police. Il faut absolument nier les faits. Nous n'avons rien fait. C'est un menteur. Il a juré de nous perdre. Tout ça à cause d'un enfant de pute !...

Il tira un mégot de sa poche et l'alluma. Nous le regardions sans rien dire. Brahim pleurait dans son coin. Je ne pus m'empêcher de pleurer à mon tour à l'idée que nous pouvions passer le reste de notre vie dans cette cellule. J'avais la nausée.

Tu marchais toujours sans te retourner. Je te rejoignis en courant et t'empoignai de nouveau par le bras. Tu te débattis :

– Lâche-moi je te dis ; tu n'es qu'un bâtard !

Je te tirai violemment par le bras, t'obligeant ainsi à te retourner. Nos visages se trouvèrent face à face. Mes yeux fixèrent les tiens et tu te dérobas à mon regard.

– Laisse-moi, je t'en prie !

– Je veux d'abord savoir. Pourquoi m'as-tu traité de bâtard ?

– Je ne sais pas ! Peut-être parce que tu ne m'aimes pas autant que je t'aime !...

Je lâchai ton bras. Tu levas vers moi des yeux mouillés. Je pensai : « Je suis indigne de son amitié. » Je voulais te dire beaucoup de choses, mais je ne trouvais pas mes mots. Je finis tout de même par murmurer :

– Tu es un brave copain !

Salah écrasa le bout de son mégot contre le mur. Brahim se leva pour se dégourdir les jambes. Il fit quelques pas dans la pièce humide en traînant ses chaussures sans lacets. Nous le suivîmes du regard. Salah soupira avant de continuer :

– Soyez des hommes ! Il ne faut pas parler. D'ailleurs, nous n'avons rien fait. Nos parents ne nous laisseront pas moisir ici. Ils vont nous défendre. Il ne faut rien dire. Autrement, le vrai enfer commencera. Nos parents nous égorgeront. Soyons des hommes !...

Nous échafaudions un plan pour notre défense. Nous répétions ce que nous dirions à la police. Nos phrases étaient prêtes. Nous étions un peu soulagés. Nous nous sentions responsables. Pour une fois responsables de notre destin. Ce n'était qu'une illusion.

Nous marchions en silence. Nous ne nous reverrions peut-être jamais. Le destin en avait décidé ainsi. Tu reniflas deux ou trois fois et me dis dans un sanglot :

– Si je revois ton père un jour, je le tue ! C'est lui la cause de tout ça !

– Si tu le revois, te répondis-je, tue-le deux fois ! Une fois pour toi et une fois pour moi.

Tu souris. Je te pris la main et la serrai très fort dans la mienne.

Le Fakir passa à cet instant comme une ombre, escorté par une nuée de mouches. Pieds nus, sa couverture sur l'épaule droite, il marchait vite. Probablement pour échapper à la lâcheté des hommes comme il le disait souvent. Dans sa course précipitée, il répétait ces vers du chantre marocain Sidi Abderrahmane Al Majdoub :

« La Sagesse a été arrachée aux Sages
Et distribuée aux enfants du hasard
Les bourriques se livrent au baroud
Pendant que les chevaux de race attendent ! »

Il ne s'arrêta pas. Sa parole fiévreuse se cogna aux murs sales et se dispersa dans notre mémoire. Tous ses mots vinrent occuper mon esprit. Ils étaient d'une telle rigueur que j'allais les garder au fond de moi comme une angoisse éparpillée. Ils couleraient avec mes souvenirs et alimenteraient mes déchirures.

Brahim s'arrêta de marcher. Notre regard se fixa sur ses chaussures. Il s'étira comme quelqu'un qui s'éveillait et vint s'asseoir à côté de moi. Il me regarda un moment dans les yeux et je revis son père.

Nous passions l'examen d'entrée en sixième. Il faisait très chaud. Un mois de juin pas comme les autres. Nous étions en proie à la peur et au désespoir. Dans le couloir de l'école, le père de Brahim attendait, en bras de chemise, un couteau à la main. Dans la salle d'examen, Brahim tremblait. Le matin, je lui avais donné mes brouillons de calcul et de composition française.

En sortant de la salle, je vis son père s'approcher de moi. Il me prit par le bras avec une grande brutalité :

– Dis-moi ! Il a échoué ?

Je fis celui qui ne comprenait pas.

– Mais qui ça ?

– Mon chien de fils !

Son couteau brillait. J'avais peur pour Brahim. Cet homme était dangereux. Il allait tuer son fils et personne ne l'en empêcherait. Les adultes étaient vraiment bizarres. J'essayai de le prendre par la douceur :

– Écoute, mon oncle ! Nous n'avons pas encore terminé. Tu sais que nous ne passons les épreuves orales que demain. Nous n'aurons les résultats que dans deux ou trois jours. Tu as tout ton temps pour...

Il ne me laissa pas achever ma phrase. Il me secoua brutalement. Il bavait.

– Eh bien, j'attendrai. Demain et après-demain. J'attendrai toute la vie s'il le faut ; pour le plaisir de l'égorger de mes propres mains. Il est maudit ! C'est un enfant de merde ! Il échouera, je te dis. Il ne fera jamais rien de bon dans la vie. Je le connais. J'en ai assez de le traîner derrière moi comme un fardeau. Il échouera ! Il échouera !...

Mon bras me faisait mal. J'avais le visage ruisselant de son écume. J'aurais voulu lui arracher ce couteau des mains et le lui planter dans le ventre, ou lui crever les yeux. Je me dis que le pauvre enfant devait souffrir le martyre avec cet homme fou furieux. Notre malheur n'était rien à côté de son calvaire. Je réussis à m'arracher à l'étreinte du Monstre et m'enfuis chez moi. En route, je pleurais en pensant à ce que Brahim endurait avec ce sauvage. Et je compris pourquoi son regard était triste.

En arrivant près de chez moi (ce qui avait été chez moi), tu lâchas ma main. Le camion était déjà là. Mi avait envoyé Hafid à ma recherche. Il ne m'avait pas rencontré. Il était probablement en train de ramasser les dernières miettes de son enfance dans les ruelles d'Azrou.

« Pourvu qu'il soit là avant la fin du chargement ! »

Ta mère nous donna un coup de main. En sortant, tu butas sur une pierre et tomba sur le sol avec un carton dont le contenu se répandit devant toi. Mi accourut. Elle resta muette devant la catastrophe. Je voulus te protéger contre la violence de Mi qui se donnait des tapes sur les joues. Je reçus quelques gifles.

– Excuse-moi, Mi ! Je ne l'ai pas fait exprès !

– Va, *Aoulidi !* Va, mon fils ! Je veux que Dieu te brise les quatre membres à la fois, comme tu as brisé ce vase et ces verres !

Tu me regardais dans les yeux. Salah nous offrit un mégot. Je refusai. Toi aussi. Je n'avais pas envie de fumer. Je n'avais pas non plus envie de parler. La violence voilà l'univers où nous vivions. Nous étions les enfants de la haine et de la misère. Nous avions tout connu de la vie. Sauf ce qui nous aurait été nécessaire. Nous avions connu le mensonge et les contradictions, le besoin et la frustration. À présent, c'était la violence des cellules et des interrogatoires.

Nous entendîmes des pas derrière la porte qui s'ouvrit presque aussitôt avec le même fracas que tout à l'heure, lorsqu'on l'avait refermée derrière nous. Un policier fit irruption. Je tremblais comme une feuille morte. Je pensais au pire. L'homme portait un paquet sous le bras. Une odeur de viande s'en dégageait. J'avais si peur que mon sexe laissa échapper quelques jets d'urine. Je n'avais plus aucun pouvoir sur lui. Je sentis le liquide chaud descendre le long de ma jambe et se nicher dans ma chaussure. Le policier interrogea :

– Qui est Salah ?

– C'est moi *Asidi !*

– Ton père m'a chargé de te remettre ceci Il te dit qu'il va essayer de te sortir de là si tu lui promets de t'occuper de ses ouvriers quand tu seras libéré. Il a envoyé des habits et des pains de sucre à la famille de Meknassi pour qu'elle retire sa plainte. Il a également envoyé un petit cadeau au brigadier Haddou. C'est lui qui s'occupe de votre affaire. Moi-même, je vous aiderai de mon mieux. Vous devez nier. Ne craignez rien ! Ce soir, vos parents préparent un méchoui pour *Sid l'Caïd*. L'affaire n'aura pas de suite. Nous étoufferons le poussin dans l'œuf, grâce à Dieu et à la générosité de vos parents. L'argent ouvre le chemin dans les endroits les plus touffus.

L'homme remit le paquet à Salah, puis la lourde porte se referma sur lui dans un grand bruit.

Avant que le camion démarre, ta mère se jeta dans les bras de Mi et les deux femmes pleurèrent à chaudes larmes. Tu avais disparu. J'étais désolé de ne pouvoir te dire adieu. Tout en pleurant, les deux femmes faisaient l'inventaire de leurs malheurs :

Mi : – Je vais en exil, te laissant derrière moi, seule avec le poids de ton malheur !

Lalla Rabha : – Après ton départ, je serai orpheline. Mes jours seront noirs sans toi. Tu es mon amie, ma sœur et toute ma famille.

Mi : – Qui pleurera désormais sur mes malheurs ? Quelles épaules amies supporteront le poids de mes larmes ? Qui sera à mes côtés ?

Lalla Rabha : – Qui frappera à ma porte après ton départ ? Qui m'accompagnera dans mes visites à Bouchaïb ? Qui partagera désormais mes angoisses et ma solitude ?

Mi : – Qui m'aidera à supporter ma vie sombre à présent ? Tu étais ma voisine, mon amie, ma sœur et ma mère à la fois. Qui pourra te remplacer ?

Lalla Rabha : – Toute la *baraka* avec toi, « Lalla ». Dieu fasse que je sois encore en vie quand Il nous aura vengées des ingrats !...

Mi : – Dieu est grand ! Mettons toute notre confiance en lui. Il nous vengera de la bêtise des hommes !...

Je regardai un moment les deux femmes. Leurs destins étaient étrangement semblables : deux mères sans maris. C'est-à-dire deux femmes exposées à l'injure des autres. Elles ne bénéficiaient plus de la protection du mâle. Deux femmes seules, abandonnées au risque du déshonneur. La répudiation, la prison, la mort, c'est du pareil au même. Toute sa vie, Mi avait espéré la mort du père. Moi aussi. Or, après la mort physique du père, il y eut notre mort sociale et nous en étions inconscients. Mi, répudiée, avait le même statut que la femme stérile ou la vieille fille. Heureusement, le temps s'était chargé d'effacer les traits de sa beauté, de creuser ses rides et de faire apparaître ses cernes. Notre présence et notre âge la discréditaient aux yeux des hommes. C'était sa chance. Et Mi était une femme sobre.

Bouhilat donna quelques coups d'accélérateur et appuya sur son klaxon. Les deux amies finirent par s'arracher l'une à l'autre. Le voile de Mi était mouillé. Elle grimpa dans la cabine et s'installa près du chauffeur. Lalla Rabha me prit dans ses bras et me tint ce langage :

– Prends bien soin de ta mère ! De tes sœurs aussi. Tu es leur père à présent. Rends à ta mère un millionième de ce qu'elle a fait pour toi ! N'oublie pas qu'elle t'a porté neuf mois dans son ventre, qu'elle t'a nourri avec son sein et qu'elle t'a porté sur son dos ! Tu réussiras dans la vie parce que tu as la bénédiction de Dieu et celle de ta mère. Rends le bien pour le bien ! Seuls les vrais croyants ont des malheurs. Va *Aoulidi* et que Dieu te vienne en aide !

Je n'osai pas lui demander de te dire adieu. À mon arrivée là-bas, je t'écrirais tout ce que je n'avais jamais pu te dire. L'écriture est moins douloureuse que la parole.

Le camion démarra dans un bruit d'enfer, et nous laissâmes notre vie derrière nous, dans un nuage de poussière.

Salah s'agenouilla et nous invita à faire comme lui. Il coupa la ficelle avec ses dents, étala le journal qui enveloppait le paquet. Nous avions les yeux fixés sur la nourriture. Il fit quatre parts, et chacun s'empara de la sienne. Nous mangeâmes en silence et avec appétit. Je me demandai : « Pourquoi mes parents ne m'ont-ils rien envoyé ? »

Mi n'avait aucun pouvoir. Et le père m'aurait bien envoyé une dose de poison !

J'eus soudain une forte envie d'aller aux toilettes. Salah frappa à la porte et un gardien vint ouvrir.

– Qu'est-ce qu'il y a encore ? demanda-t-il d'une voix qui ne devait jamais avoir connu la douceur.

– Il veut aller aux toilettes, que Dieu te préserve ! répondit Salah en me désignant du doigt.

– Quelle bande de cons ! Vous ne pouvez pas nous laisser un peu tranquilles ? Vous croyez peut-être qu'on est là pour vous servir ? Tas de mioches mal éduqués ! Chiez dans vos pantalons si vous en avez envie !

Et il referma la lourde porte. Je serrai les jambes pour me retenir. Je commençais à avoir mal. Salah frappa une seconde fois à la porte et le gardien vint ouvrir. Avant même qu'il prononçât un mot, Salah lui présenta une cigarette. Le gardien sourit. Il prit la cigarette avant de demander :

– Oui ! Qu'est-ce que vous désirez ?

– Il veut aller chier ! s'exclama Salah en me montrant de son index.

– Mais, c'est tout à fait normal ! dit le gardien.

Je me rappelai les paroles du policier : « L'argent ouvre le chemin dans les endroits les plus touffus ! » Il avait suffi d'une seule cigarette !

J'allai aux toilettes. J'en profitai également pour boire et me laver les mains. Quand je revins, Salah fumait tranquillement un autre mégot. Toi aussi. Salah m'offrit le sien allumé. Je le pris. Nous n'avions plus tellement peur. L'habitude. L'effet de la cigarette nous rassura. Brahim réussit même à rire après avoir mangé. Il nous rappela un détail comique de la scène pour laquelle nous étions enfermés.

Mi pleura en silence pendant tout le voyage. En arrivant à Essaouira, elle m'interdit de toucher aux cartons qui contenaient les choses fragiles. Je me contentai de transporter les banquettes en bois et l'armoire démontable.

Avant de nous installer dans notre nouvelle maison, Mi alluma du feu et brûla quelques herbes dans le brasero en terre cuite qu'elle avait déposé au milieu de la grande pièce. Elle répandit ensuite une poignée de sel sur le pas de la porte et cloua un fer à cheval sur le mur, contre le mauvais œil.

Il faisait nuit dans la ville endormie. Les murailles en lambeaux s'ouvrirent comme des cercueils et le camion fut happé par une ombre menaçante. La lune semblait nous observer, aussi indifférente qu'à l'ordinaire. Je la regardai à mon tour et j'eus l'impression qu'elle me suivait du regard. Qu'étais-je pour elle ? Qui était-elle pour moi ? Nous nous ignorions. Et la haine était quelque part entre ciel et terre, suspendue à un fil qui ne demandait qu'à être rompu. Mon regard posé sur cette face blafarde disait mon amertume. J'avais peur de faire le trajet qui me séparait de la vie. La peur du lendemain et l'amertume des jours lointains. Un rêve noir circulait comme un fantôme devant mon regard éteint. Je pensais à ma mère : comment avait-elle réussi à supporter son destin pendant tant d'années sans réagir ?

Nous rigolions. La nourriture nous avait réchauffé le cœur. Salah se leva et imita Meknassi pendant qu'il se débattait entre nos mains.

– Enfants de l'adultère ! C'est ça votre pêche à la ligne ? Ce n'était qu'un piège ? Je me plaindrai à mes parents ! Je leur dirai ce que vous êtes en train de me faire. Vous serez sévèrement punis ! Vous verrez !...

Nous ne l'avions pas cru. Salah nous répétait :

Il ne dira rien. Il n'osera pas. Il veut nous faire peur, c'est tout. S'il le dit à ses parents, tout le monde le saura. Toute la ville apprendra qu'il s'est fait enculer. Où mettra-t-il son visage ? Vous savez, je crois même qu'il a eu du plaisir à se faire prendre. Il deviendra notre petite femme. Nous aurons notre plaisir avec lui quand nous voudrons. Il n'osera pas nous dénoncer !...

Le salaud ! Il avait rapporté les faits à ses parents. Son père l'emmena chez le médecin qui leur délivra une attestation médicale certifiant le viol. Ce papier représentait notre perte. Pourtant, c'était lui qui nous avait provoqués :

– Touchez-moi si vous êtes des hommes ! Vous n'êtes que des proxénètes, des enfants de putes. Vous êtes les derniers des derniers ! Pour qui vous prenez-vous ? Je suis capable de vous violer tous les quatre à la fois ! Je vous connais et je connais tous les Azriouis. Tous des lâches ! Approchez si vous êtes des hommes ! Que Dieu maudisse votre religion !...

Nous l'avions violé pour lui prouver que nous étions des hommes. Cela n'était pas inscrit sur le papier du médecin.

Nous rigolions. Salah imitait bien Meknassi. Il tournait en rond en se cachant le derrière avec les mains.

– Vous verrez ! Enfants de putains ! Mon père vous arrachera les yeux ! Laissez-moi tranquille ! Lâchez-moi si vous ne voulez pas qu'il vous arrive malheur ! Ne me faites pas ça ! Je vous en supplie ! Arrêtez ! J'ai envie de vous mordre et de vous tuer ! Ne me faites pas mal ! Je vous en prie ! J'étouffe ! Doucement Rahou !

Tu vas me déchirer le cul ! Je t'en prie ; mets un peu de salive !...

Salah s'allongea sur le ventre et fit semblant de se débattre pour s'arracher à notre étreinte. Nous éclatâmes d'un grand rire.

Un policier frappa plusieurs fois avec la paume de sa main contre la porte et se mit à hurler :

– Vous avez fini, espèce de violeurs d'enfants ! Vous manquez de putains pour faire une saleté pareille ? Fermez vos gueules d'assassins si vous ne voulez pas que je vienne vous déchirer le cul comme vous l'avez fait à ce pauvre garçon ! Vous êtes la progéniture du diable et vous êtes maudits par Dieu et par les hommes !

Nous nous tûmes. Salah se releva d'un bond. Nous nous attendions à voir surgir le policier avec une matraque. Nous avions un peu honte. Enfermés entre ces quatre murs, derrière cette porte, nous n'avions pas le droit de rire, tout criminels que nous étions. Nous devions montrer que nous nous étions repentis de notre forfait puisque l'intention des adultes était de nous punir, de nous faire ressentir la honte de notre acte et assumer notre culpabilité. Nous nous regroupâmes de nouveau autour de Salah. De nous quatre, il était le plus décontracté, car son père le soutenait. Nous autres, nous étions abandonnés à notre triste sort.

Je me dis : « Si mon père fait quelque chose pour me sortir de là, c'est uniquement pour disposer de moi à la maison. » Il avait toujours été incapable de dissimuler sa joie chaque fois qu'il me prenait en faute. Souvent même, il créait des situations confuses d'où je sortais fautif. Il me battait alors à son aise, pour mon bien. Selon lui, les coups assuraient mon éducation et ma soumission. « Le bâton ne fait pas d'insubordonné », disait l'adage. L'idée de le revoir me terrifiait. Je m'imaginais déjà en sang sous ses pieds. Je pensais à la fuite et au suicide.

Neuf fois sur dix, Chakabi Daïf oubliait les règles de conjugaison et de grammaire et nous dispensait un enseignement rudimentaire en deux actes.

1er acte : Nous entrions dans la salle de classe, en rang et en silence. Nous regagnions nos places respectives et restions debout. Quand nous étions tous entrés, nous lancions en chœur cette phrase habituelle : « Bonne journée à notre instituteur ! » Ce n'est qu'après ce chant matinal que Chakabi nous faisait signe de nous asseoir. Ensuite, il écrivait la date sur le tableau noir et allait s'installer à son bureau. Nous lisions alors lentement le jour, le mois et l'année, à tour de rôle, d'une voix que la peur rendait blanche. Quand le dernier avait lu, nous reprenions tout depuis le début. Ainsi, il nous arrivait de lire des dizaines de fois la même chose. Notre record était de trente-sept répétitions.

2e acte : Quinze minutes avant la sortie, Chakabi Daïf se levait et nous recevions de lui l'ordre d'ôter nos vêtements. Le haut. Pour ceux qui ne portaient qu'une djellaba, le haut, c'était tout. Nous nous penchions sur les pupitres, la tête enfouie dans les bras. Chakabi Daïf passait alors entre les rangs et nous distribuait des coups sur le dos nu avec son ceinturon. Le nombre de coups dépendait de son humeur du jour. L'astuce de Rahou nous évitait, bien des matins, de connaître la frustration de la lecture mécanique sur le tableau noir et la brûlure de la ceinture de cuir sur notre dos.

Après la violence bestiale de Chakabi Daïf, nous passions à celle, beaucoup plus raffinée, de M. Marin.

Salah fuma tranquillement un autre mégot, puis nous dit :

– Ne craignez rien ! Mon père nous sortira tous de là. Vous savez ! Les prisons sont faites pour les hommes comme nous. Ils savent maintenant que nous ne sommes plus des enfants. Ils savent que, désormais, nous pouvons tout supporter d'eux. Même leur prison. Et ça les gêne. Mon père osera-t-il me battre dorénavant avec son ceinturon ? Eh bien non ! Il réfléchira deux fois avant de porter la main sur moi. Il se dira : « Si je le bats, il est capable de me rendre les coups que je lui donnerai, ou de me tuer. La prison ? Il la connaît à présent. Mieux vaut l'éviter... » Ce qu'ils ne nous pardonneront pas, c'est ça. Nous sommes devenus des hommes capables de violer, de voler, de tuer et d'aller en prison...

Salah se tut. Nous essayâmes de nous endormir sur le sol froid. Brahim se leva et fit quelques pas dans la petite cellule. J'étais fatigué à force de penser : « Bouzakri, le *fqih* du *m'sid* nous a bien tous violés dans la maison d'Allah. Tout le monde connaissait les intentions de Sidi L'yazid. On ne l'avait pas emprisonné, lui. On lui avait juste donné congé pour qu'il aille ailleurs froisser la jeunesse d'autres enfants. J'ai bien vu le Borgne trembler derrière le corps frêle du petit Saïd. La jeune Amina a bien subi les sévices de Sid El Haj El Barakat. Elle a bien connu la déchirure et la mort. Personne n'a jamais été enfermé ou jugé (souvent même, les victimes semblaient être les coupables). Pourquoi nous à présent ? Pourquoi devions-nous payer de notre jeunesse ce qui est considéré en général comme normal ? Même si un interdit moral doit nous en détourner, ce n'est pas un crime, ni un délit ! Les touristes européens trouvent toujours, sur cette terre de soleil, des verges adultes, disponibles à leur rêve multiple. Pourquoi font-ils à présent d'un grain une montagne ? Serions-nous des boucs émissaires ? »

Dans mon rêve, cette nuit-là, ma tête était entre les mains d'un bourreau, le cou posé sur une enclume. Horrible était la sensation du métal froid contre ma peau. L'homme debout à côté de moi disposait de ma vie, pouvait me donner la mort. J'étais seul. L'instant était grave. Un silence m'accablait, oppressant. J'essayais de comprendre. Il n'y avait rien à comprendre. Je me rétractais telle une vipère qui aurait perdu son venin. Même les mots m'avaient abandonné. Les miens. Ceux des autres étaient toujours aux aguets, attendant l'instant propice pour surgir des ténèbres. Paroles blanches. Paroles crues. L'homme souleva sa hache. Une révolte sourde gronda dans ma boîte crânienne devant cette ultime détresse. Toutes les paroles que j'avais enfermées dans ma mémoire montèrent à la surface de mon corps, si nombreuses qu'elles bouchaient les pores de ma peau. Je n'étais plus que paroles. Je n'étais plus qu'une parole. Une seule. À la limite du délire, mon corps devenait une écriture à faire lire à tous les enfants des rues étroites. Le visage de l'homme était bourrelé de remords. Je savais à cet instant pourquoi je mourais. Il savait lui aussi pourquoi il m'assassinait. Ce n'était pas mon corps qu'il supprimait. Mais ce que mon corps signifiait, révélait, ce qui était écrit sur ma peau. La parole ! L'homme laissa tomber sa hache et ma tête roula dans un couffin. Aussitôt, les enfants se précipitèrent, la ramassèrent et se mirent à jouer avec. Des mots rouges s'en échappèrent et tachèrent leurs vêtements. Je courais de l'un à l'autre, les suppliant de me rendre ma pauvre tête qui roulait, rebondissait comme un vrai ballon. Je me réveillai en hurlant, ma sale tête sur les épaules.

La lourde porte s'ouvrit et un policier vint nous chercher. C'était le matin.

On nous fit signer des papiers. On rendit à Salah et à Brahim leur ceinture et leurs lacets, puis on nous libéra. Nous ne comprenions pas, ou nous ne voulions pas comprendre. C'était mieux ainsi.

Quelques jours plus tard, nous fûmes convoqués par le tribunal. Le juge nous condamna à trois mois de prison avec sursis.

Chakabi Daïf avait fini par se douter que quelqu'un faisait exprès de le verrouiller chaque matin. Il en avait assez de hurler tous les matins à travers la porte pour qu'on vienne lui ouvrir. Une fois, je t'avais accompagné et nous avions surpris ses jérémiades :

– Y a-t-il quelqu'un dehors ? Ouvrez cette porte, s'il vous plaît ! On m'a coincé là alors que j'ai cours avec mes élèves qui doivent s'impatienter et même s'inquiéter en ne me voyant pas arriver. Satan des *n'saras* y est pour quelque chose ! Il ne veut pas que j'enseigne aux enfants la langue de leur pays ! Ouvrez-moi ! J'ai des remords pour ces enfants ! Faites-moi sortir de là ! Il faut absolument que je les rejoigne, ils ont besoin de ma connaissance et de ma lumière ! Ouvrez-moi ! Ouvrez cette porte !

Un mensonge épais s'échappait de la bouche de cet homme indigne. Nous l'avions abandonné à ses lamentations et nous avions rejoint l'école. Quand la cloche tinta, nous regagnâmes nos places en ordre et en silence.

La porte fermée derrière nous, nous attendîmes suivant les instructions de notre instituteur :

– Quand vous ne me voyez pas arriver, entrez et attendez sans bruit. T'hami assurera la surveillance et me rapportera le nom des bavards. Ils recevront le châtiment qu'ils méritent. Fermez la porte. Et si quelqu'un arrive à l'improviste, dites que je suis aux toilettes !...

Nous n'avions aucun intérêt à ce qu'on apprenne les retards de Chakabi. Cela arrangeait tout le monde. Pendant ses absences, on aurait entendu une mouche voler dans la salle de classe, car nous respections ses directives.

Un matin, Chakabi Daïf se leva à l'aube et monta la garde au coin de la rue. Tu poussas le verrou comme à ton habitude et nous nous retrouvâmes à l'école.

– Il ne viendra pas ce matin !

Ta phrase résonna dans mes oreilles comme une délivrance. Nous fûmes à la fois surpris et déçus de voir Chakabi arriver avant l'heure.

Ce matin-là, tu reçus la plus belle *falaqa* de ta vie.

Dans le camion qui nous emmenait vers d'autres horizons, je ne pus m'empêcher de penser à toi. Deux ans après notre libération, on nous avait encore enfermés dans cette même cellule avec plusieurs autres camarades du lycée. Nous voulions manifester notre mécontentement ; nous nous étions mis en grève.

– Ton nom ?

– Qui, moi ?

– Non, ton cul !

Devant moi, Ali L'boulici (le flic) m'interrogeait. Il connaissait le père. Mais il avait reçu des ordres stricts : traiter tout le monde de la même façon.

Pendant deux jours et deux nuits, nous avions connu les atrocités de ces lieux. On ne nous avait pas passés à l'électricité. On ne nous avait pas trempé la tête dans leur bassine remplie d'urine... Nous étions même surpris qu'ils se soient contentés de nous distribuer quelques gifles et coups de pied. On nous avait fait descendre dans la salle des tortures et cela avait suffi pour nous donner une idée de l'enfer auquel nous avions échappé.

Un homme d'une trentaine d'années, pendu par les pieds, se balançait dans le vide, à moitié nu, des marques de violence sur le corps.

– Il est comme ça depuis trois jours ! nous lança un policier.

– Mais pourquoi ?

– Pour qu'il avoue !

– Avouer quoi ?

– Qu'il a fait quelque chose. N'importe quoi ! Vol, viol, meurtre... Qu'importe ! L'essentiel, c'est que nous arrivions à mettre quelque chose dans son rapport avant de le présenter devant le juge d'instruction. C'est un malfaiteur ! Par conséquent, il doit avouer. Nous avons du flair pour ça, nous autres policiers. Vous verrez, il finira par parler. Faites-nous confiance !...

L'homme gémissait. Il n'avait plus de force. À sa place, je me serais attribué tous les crimes de la terre. Nous flageolions sur nos jambes. Le spectacle ne paraissait pas impressionner les policiers qui ricanaient. Ils avaient l'habitude de vivre dans la brutalité. La violence fait partie de leur métier.

– Quel âge as-tu ?

– Quinze ans. Je vous jure que je n'ai rien fait !

– Personne ne t'a rien demandé ! Contente-toi de répondre aux questions qu'on te pose !

Devant tant de peur et d'atrocité, j'étais prêt à jurer n'importe quoi, pour n'importe quoi.

Je me demandais pourquoi on nous avait choisis parmi tant d'autres. Tout le monde était en grève. Pourquoi nous précisément ?

Fadili, le proviseur, avait donné des noms. L'heure des règlements de comptes avait sonné.

En dépit de ta grande taille qui te faisait courber le dos, tu étais un homme petit, Fadili. Un homme foncièrement mauvais. Ton sadisme résonnait souvent dans nos oreilles quand tes larges mains s'abattaient sur nos visages meurtris. Tes sarcasmes et tes propos vexatoires étaient destinés à nous humilier d'abord, puis à repérer les fortes têtes qui réagiraient à tes invectives. Chaque matin, pendant que les élèves répondaient à l'appel des couleurs, tu guettais leurs réactions, retranché derrière une poutre, et laissais éclater ta rage sur eux. Tu as fait tant de mal autour de toi parce qu'il y avait trop de haine dans ton cœur. Ne crois surtout pas que tu es unique dans ton genre. Nombreux, trop nombreux sont ceux qui te ressemblent sur cette terre trahie, dépouillée. Tu sais, ce n'est pas parce que tu avais changé de nom que les gens te prendraient pour quelqu'un d'autre et oublieraient le mal que tu avais pu leur causer. Tu es de plus en plus courbé et tes rides se creusent de jour en jour. Demain, dans ta tombe, tu ne trouveras que la haine et la corruption qui étaient ta devise dans la vie. Au lycée, tu avais juré notre perte, te rappelles-tu ? Te souviens-tu de la haine, ton mépris pour les enfants des rues étroites ?

– Pour quelle raison faites-vous le bordel au lycée ?

Ali L'boulici me dévisageait de son regard inquisiteur. J'essayais de ne pas céder à la panique en me répétant que l'homme connaissait le père.

– Je ne sais pas ! répondis-je dans un souffle. Je vous jure que je n'en sais rien ! C'est la vérité ! Ce sont les grands qui nous ont obligés à rester dans la cour de récréation !

– Qui ça, les « Grands » ?

– Je ne sais pas ! Je vous le jure sur le Livre sacré ! Je ne les connais pas. J'ai fait comme tout le monde, c'est tout ! Je vous jure que je ne recommencerai plus jamais !

C'était vrai. Nous les jeunes, nous ne savions même pas pourquoi nous étions en grève. C'était la première fois. Pour nous, ce mot signifiait arrêt de travail. Plus de leçons. Plus de devoirs. Plus d'exercices. Plus de punitions.

– Tu es parmi les meneurs de cette grève !

Cette phrase écorcha mes oreilles. Fadili voulait se débarrasser de moi. Il voyait là une occasion inespérée de « nettoyer son lycée » de toute la vermine. Le mot « meneur » n'avait aucun sens pour moi. L'élève le plus actif dans cette grève, son nom ne figurait sûrement pas sur la longue liste que Fadili avait remise aux flics : son père était commissaire de police. Je répondis le plus sincèrement possible :

– Moi ? Je vous jure que ce n'est pas vrai !

– Votre proviseur nous a donné une liste. Ton nom y figure !

– Il peut vous donner tous les noms qu'il veut ! Je vous jure que je suis innocent !

À ce moment, Lalla Lâziza Al Hamqa (la folle) entra dans le commissariat. Nous l'avions surnommée la Folle parce qu'elle adorait les chiens. Personne n'aimait les bêtes, ici, sauf elle. Elle élevait des chiots, leur parlait comme on parlerait à des enfants. Mieux encore, elle leur parlait comme à des adultes. Partout où elle allait, ses chiens-enfants la suivaient. Comme tous les fous de chez nous, Lalla Lâziza bénéficiait de la fausse indulgence des gens. Elle pouvait entrer partout, comme Messaouda.

Ali L'boulici lui enfonça le doigt dans le derrière. Je baissai les yeux. Elle l'insulta :

– Bas les pattes, fils de l'adultère ! Mon cul n'est pas pour tes sales doigts. Épouse-moi si tu veux m'avoir !

Puis s'approchant de moi elle continua :

– Il ne vous reste plus que les gamins à présent ! Quel monde ! Laissez-les tranquilles ! Que peuvent-ils faire ? Ce ne sont que des enfants ! C'est votre boulot, le massacre des gens ?

Ali L'boulici éclata de rire et je vis ses dents noires. J'étais en admiration devant cette femme qui avait l'audace d'injurier un policier, un représentant de l'ordre. Si la folie permettait ça... Elle était une bonne chose.

Dans sa jeunesse, elle était très belle. C'était encore une adolescente lorsque son père l'avait mariée de force à un vieillard tout sec. Celui-ci était riche et Lalla Lâziza le détestait. Le pauvre homme mourut quelques mois seulement après le mariage. Avant de mourir, il avait jeté un sort à sa jeune épouse et le ciel l'avait entendu. Il était Chérif, descendant du Prophète.

– Je veux, lui dit-il, que ta matrice se dessèche ! Je veux que tu ne connaisses jamais le bonheur d'être mère pour le mal que tu me fais ! Va ! Je te laisse Dieu ! Lui seul te paiera !...

Lalla Lâziza se remaria plusieurs fois après la mort de son premier mari, mais elle ne put jamais avoir d'enfants. Quand elle n'était pas répudiée, son époux mourait subitement et elle se retrouvait toujours seule. Elle finit par devenir folle et se mit à élever des chiots. Sa maison en était pleine.

La femme entra dans un autre bureau et j'entendis des éclats de rire. Ali L'boulici continua son interrogatoire :

– Dans la cour de récréation, nous avons trouvé des tracts. Qui les a distribués ?

– Ce n'est pas moi ! Je vous le jure !

– Je sais que ce n'est pas toi, c'est pourquoi je te demande de me dire qui les a distribués !

Abdelmoumen était un garçon très sympathique. Je ne pouvais tout de même pas le « donner » à cet homme bouffi et violent. Tout, sauf ça ! La trahison !

Je me demandais quel mal avait fait Lalla Lâziza à son premier mari pour qu'il lui jetât un sort pareil. Il est vrai que chaque matin au petit déjeuner, elle lui racontait un rêve de ce genre :

« Hier, j'ai rêvé d'un jeune et beau garçon. J'étais nue dans ses bras, et il me caressait inlassablement la poitrine et le sexe. Nous t'avions mis dans une cage et tu nous regardais. Quel bonheur ! Nous roulions sur un grand tapis d'herbe verte. Les oiseaux chantaient. Tu pleurais ta honte ! Un beau jeune homme. Fort et beau. Et moi toute nue dans ses bras. Il m'a prise avec violence et nous t'avons fait boire le sang de ma virginité. Il m'a ensuite fait monter sur le dos de son cheval blanc et nous avons fui ensemble... »

Le vieil homme pouvait à peine marcher. Lalla Lâziza était belle et encore jeune. Quand il mourut, elle était toujours vierge.

L'interrogatoire dura près d'une heure. On me fit signer un papier et on me libéra.

À la fin de l'année scolaire, plusieurs élèves furent renvoyés du lycée. Toi et moi, nous étions « admis à redoubler » notre classe.

Puis la ville-cimetière se referma complètement à mes souvenirs glacés.

Plusieurs années s'étaient écoulées depuis mon départ d'Azrou. De nouveaux souvenirs avaient remplacé les anciens, mais aucune amitié n'avait pris la place de celles que j'avais laissées derrière moi. Je collectionnais les visages comme des timbres-poste. Malgré moi, malgré tout, je restais attaché à ces visages comme incrustés dans la pierre, imprimés dans l'enfance.

La nostalgie de tes hautes montagnes, de tes rues étroites et poussiéreuses l'été, boueuses l'hiver, de l'odeur de ton foin et de ton herbe, de tes gens victimes du silence de la nuit..., me rappelait vers toi. Je t'imaginais dans mes moments de solitude, mais je n'avais pas la force de venir jusqu'à toi ; car la blessure n'était pas tout à fait guérie. J'avais peur de ne plus reconnaître en toi la petite ville sombre de mon enfance. Peur de nous voir changés tous les deux.

Le temps est traître, dit-on. Je savais, en dépit de l'amour que je te portais, que rien ne serait comme avant. Mon regard n'était plus le même. Tu le savais aussi. Me pardonnerais-tu de t'avoir jugée, de t'avoir trahie et de t'avoir livrée nue aux étrangers ?

Je devais le faire pour continuer à vivre. Mais je suis toujours ton enfant. Tu avais essuyé mes larmes, tu avais pansé mes blessures, tu m'avais consolé, tu m'avais permis de grandir et d'assumer l'insolence des mots auprès de tant de haine et de violence.

Je n'ai pas oublié la promesse que je t'avais faite. Je viendrai passer quelques jours de mes prochaines vacances dans ton giron. J'ai besoin de retrouver tes passions et tes odeurs fortes.

Écoute cannibale
écoute-moi bien
ma voix vingt millions d'esclaves
vingt ans et plus à l'enseigne des faussaires
et nous
suant la mort de partout
exténués de rêves fous et d'attente

ABDELLATIF LAÂBI

Des myriades d'hommes, de femmes et d'enfants attendaient devant l'unique guichet de la « Grande Gare » de Kenitra. Le train partait à quatorze heures trente en direction d'Oujda. Il était quinze heures et le guichetier distribuait les billets avec indolence. Devant lui, les gens se poussaient, se bousculaient, s'injuriaient. Un adolescent se hissa sur les épaules d'un camarade et piqua de la tête dans la direction de la petite ouverture, en réclamant deux billets pour Sidi Yahia. Un cri s'éleva. Indignés, quelques voyageurs protestèrent contre cette conduite déplacée. Le petit fonctionnaire de l'Office national des chemins de fer ferma son guichet et somma les voyageurs de se calmer un peu. Il alla s'asseoir sur une chaise et alluma une cigarette. Personne n'osa protester. L'homme avait l'air d'une bête dans sa cage. On attendit. Le calme revint, précaire. Une femme d'un certain âge supplia :

– Donne-moi un billet en quatrième classe pour Sidi Slimane ! *Aoulidi*, mon fils. Que Dieu te donne la richesse et la santé ! Je suis là depuis midi et mes jambes fatiguées ne me supportent plus.

– Non, « Lalla » ! Fais la queue comme tout le monde ! Ici, pas de favoritisme ! Je suis un fonctionnaire consciencieux, moi ! Fais la queue !

Mais il n'y avait ni queue, ni tête. Dans cette partie du monde, les gens ne savaient pas se mettre en ligne. Ils ne savaient pas vivre sans leur tumulte et leurs cris.

La pendule à la glace brisée indiquait quinze heures quinze. Le petit fonctionnaire de l'ONCF éteignit son mégot contre la semelle de sa chaussure trouée, en un geste magistral. On se serait cru dans un western. L'homme quitta sa place et s'approcha des gens à pas feutrés. Au bruit, succéda le silence. Les regards étaient fixés sur la main droite du héros. Le souffle coupé, on attendait le moment où il allait dégainer pour faire feu. Lui, hautain, avançait toujours. Dans ses yeux, brillait une sorte de haine ou de mépris. L'heure de la vengeance avait sonné. L'homme ouvrit le dernier bouton de son veston et fit jouer ses doigts. La foule retint son souffle. Heure fatale. L'homme s'immobilisa soudain. Ses doigts agiles firent sauter le cran de sûreté et le guichet s'ouvrit.

– Un billet en deuxième classe pour Meknès ! hurla une voix.

L'homme se retourna dans sa cage en fer, tira un ticket qui se détacha de la ficelle, le posa devant lui sur le comptoir, fit un trait paresseux sur le prix marqué, aligna d'autres chiffres. Le voyageur s'empara du titre de transport et tendit un billet de cinquante dirhams. Aussitôt, le guichetier arracha le ticket des mains du voyageur et lui jeta son argent à la figure.

– Je n'ai pas de monnaie ! Vous arrivez tous avec des billets comme si j'étais la banque. Je ne sais plus comment faire, moi ! Ceux qui n'ont pas de monnaie n'ont rien à faire devant moi ! Ce n'est pas la peine qu'ils perdent leur temps pour rien. Faites la queue, s'il vous plaît ! Ou bien je referme le guichet !

La pendule indiquait quinze heures trente. On entendit le sifflement du train. La foule se précipita sur le quai, et se rua sur le convoi en marche dans un vacarme épouvantable. Les corps s'entassèrent dans les wagons en grimpant par les portières, en passant par les vitres baissées. Quand le train fut arrêté, les trois quarts des voyageurs étaient déjà en place. Les passagers qui descendaient avaient du mal à se frayer un chemin jusqu'aux portières.

Le contrôleur et le chef de train crièrent des ordres que personne ne respecta. Ils finirent par distribuer coups et injures à ceux qui faisaient passer les bagages par les vitres.

Dans les couloirs, il y avait deux fois plus de passagers que dans les compartiments. Les sacs et les valises, entassés pêle-mêle, obstruaient le passage et leurs propriétaires pouvaient à peine bouger. Le chef de train siffla, agita son drapeau et la locomotive s'ébranla. Ceux qui se trouvaient encore sur le quai se précipitèrent en criant, s'agrippèrent aux poignées des portières et tentèrent, dans un ultime effort, de se hisser jusqu'aux couloirs.

Les malades et les vieillards attendraient le prochain train.

Dans le compartiment 22, deux soldats occupaient l'espace à eux seuls, allongés sur les banquettes, deux litres de gros rouge posés au sol. Personne n'osait les déranger.

Dans le compartiment 21, il y avait dix personnes assises pour huit places, leurs bagages sur les genoux.

Les barreaux des porte-bagages, les glaces, les rideaux étaient arrachés. À la place des cendriers, il n'y avait plus que les trous des vis. Le skaï des sièges avait été lacéré à coups de lame de rasoir : le tribut de l'ignorance, de l'immaturité et de la misère.

Les passagers du compartiment 21 se dévisageaient en silence. Un vieillard égrenait son chapelet avec difficulté. Ses lèvres remuaient. Un coq sortit sa crête d'un panier et lança un chant fatigué. On s'esclaffa.

– Il est déréglé ! ironisa quelqu'un.

Le propriétaire s'empressa de faire disparaître la tête de la volaille au fond du panier.

– C'est de la fraude ! commenta un autre. Voyager à l'œil et confortablement dans son petit panier ! Personne ici n'est mieux installé que lui !

L'homme au coq se saisit du couffin et le posa sur ses genoux. Il répondit aux railleries par un rire jaune avant de coller son nez contre la vitre pour contempler le paysage qui défilait à toute vitesse.

La femme assise en face de lui avait un bébé dans les bras et un autre sur le dos. Le premier dormait. Le second gigotait, s'énervait sur le dos de sa mère. Il finit par éclater en sanglots. L'autre bébé, réveillé en sursaut, accompagna son frère dans sa symphonie. La mère tira de son corsage un sein flétri qu'elle donna à son gosse. Celui-ci se tut presque aussitôt. L'autre continua à emplir le compartiment de ses pleurs.

Le train arrivait à Sidi Yahia.

Un marchand ambulant bousculait les voyageurs avec son grand panier à casse-croûte et son seau rempli de bouteilles de limonade.

– *Asmaa balâk !* Écoute et dégage le passage ! répétait-il inlassablement. Ici casse-croûte du jour et limonade fraîche ! Qui en veut ? Casse-croûte aux œufs, au fromage qui rit, au thon, aux olives... J'ai aussi du Coca, du Pepsi et du Fanta !... Qui en veut ?

Derrière lui, un gosse proposait aux voyageurs des porte-clefs et du chewing-gum.

– Un casse-croûte aux œufs et un Coca ! demanda un voyageur.

L'homme en sueur déposa son panier sur une valise, son seau entre les jambes. Un billet de dix dirhams passa de main en main et finit dans la poche du marchand. La monnaie fit le chemin en sens inverse pour atterrir dans la main du client qui se mit aussitôt à hurler :

– Mais, qu'est-ce que c'est que ça ? Sept cent cinquante centimes pour une bouchée de pain, un œuf et une petite bouteille de Coca ? Mais c'est du vol !

– Dis : Dieu puisse venir en aide à chacun ! répondit le marchand. Tout est cher, mon frère, et je prends tant de risques pour apporter la nourriture jusqu'à votre bouche ! Vide-moi cette bouteille, mon frère, car le train va démarrer !

– Mais, je ne comprends pas ! Un petit pain coûte trente centimes. Un œuf quarante et la bouteille de Coca cent vingt... Ça ne fait même pas deux dirhams en tout !

– Ça fait exactement un dirham, quatre-vingt-dix centimes, intervint le voisin.

– Personne ne t'a demandé l'heure, mon frère ! s'exclama le marchand. Mêle-toi de ce qui te regarde ! Je ne prends pas des risques pour vos beaux yeux ! Vous oubliez la sueur de mes épaules ! Il faut bien que je fasse vivre mes gosses.

La bouteille vide passa de main en main et regagna le seau au moment précis où le train démarrait. Personne n'avait compris comment le marchand avait fait pour monter dans le train, ni comment il avait réussi à le quitter.

Le train démarra.

– Si ce n'est pas du vol ! se lamenta encore le voyageur. Il a pris plus de cinq cent cinquante centimes de bénéfice. Le truand ! Et il n'était pas content quand j'ai rouspété.

– Les gens ne sont jamais satisfaits, *Salama !* dit le vieillard qui était assis à côté de lui. Vous n'avez pas entendu parler du siècle quatorze ? Il n'est même pas prévu par le Coran et nous y sommes ! Pour le définir, le Prophète, que la prière et le salut soient sur lui, avait dit : « Au siècle quatorze, pas de paix, pas de nourriture ! » Les signes apparaissent, mes enfants ! Quand l'homme vole son frère, quand l'homme trompe son frère, quand l'homme tue son frère, il n'y a plus de vie, car il n'y a plus de confiance ! Dites : nous sommes à Dieu et nous retournerons à lui !

– Tu as raison, mon oncle ! intervint le militaire du coin. La vie n'a plus aucun charme, aucun goût. S'il n'y avait pas les femmes et l'alcool, je me demande ce qu'il serait advenu de nous !...

– Maudis Satan, mon fils, et demande pardon à Dieu, le Maître de Miséricorde ! Les femmes et l'alcool sont émanations de l'enfer. Allah a interdit définitivement le vin et le Prophète a dit : « Si ma mère n'était pas femme, je les maudirais toutes ! »

– C'est vrai, mon oncle ! Les femmes sont toutes des putains !

La femme aux deux mioches lui lança un regard mauvais.

– Mais moi, reprit le militaire, je n'ai que ça pour me sentir vivre un peu. Le vin fait oublier et les femmes font rêver !

– Il y a la face de Dieu, mon fils, supérieure à toutes les femmes, à tous les alcools et à toutes les richesses de ce bas monde. Ne l'oublie pas ! Allah récompense chacun selon ses mérites. Maudis Satan, mon fils, et reviens vers le Seigneur des mondes !

– Si ce n'est pas du vol ! répétait le consommateur volé. Sept cent cinquante centimes !...

– Remercie Dieu ! dit la femme aux enfants. Remercie-le pour ce qu'il t'a donné ! Toi au moins, tu as trouvé de quoi payer ta nourriture. Il y a des gens qui n'y arrivent même pas. Il ne faut pas trop ouvrir son ventre !

L'homme se retourna vers la femme et l'observa de son regard triste.

– C'est ça ! Vous nous jalousez pour une bouchée de pain ! Vous ne dites rien de ceux qui possèdent immeubles, voitures et villas. Vous ne surveillez que ceux qui sont comme vous ! Parce que les autres, ceux qui ont tout, vous n'y arrivez pas ! Ils vous dépassent avec leurs grosses bagnoles et vous écrasent du poids de leur mépris ! On n'a même plus le droit de manger sans que les yeux du mal vous surveillent ! Ce morceau de pain, « Lalla », il a fallu que je transpire et que je sèche pour le mériter !...

– Maudissez Satan ! dit le vieillard qui voulait arrêter une dispute en si bonne voie. Les temps sont durs pour tout le monde. Tout augmente si vite ! Les pommes de terre coûtent quatre cents centimes le kilo ; les tomates deux cent cinquante, les lentilles, les pois chiches et les fayots, plus de cinq cents centimes le kilo. La nourriture du pauvre, disait-on. Le pauvre n'a plus le droit de vivre. Je connais des familles qui ne se nourrissent que de pain et de thé. Nous vivons le siècle de la famine et de la grande pauvreté. « Qui n'a pas de sous, sa parole manque de sel ! »...

Le militaire alluma une cigarette, en tira quelques bouffées, puis souffla la fumée en direction de la femme. Celle-ci se mit à tousser.

– Nous sommes dans un compartiment « non-fumeurs » ! fit remarquer le vieillard. Vous nous dérangez avec votre cigarette !

Ce « vous » n'était pas de politesse. Le vieillard employait le pluriel, comme s'il ne s'adressait pas au seul militaire. Celui-ci ne daigna même pas lever les yeux sur l'homme à la barbe blanche. Il continua à fumer tranquillement, puis :

– Qu'est-ce que vous en savez ! dit-il. Il y a là des trous de vis qui prouvent bien qu'il y a eu des cendriers dans ce compartiment. Les gens pouvaient donc y fumer ! Pourquoi pas moi ? Vous les civils, vous n'êtes jamais contents ! Vous rouspétez pour n'importe quoi ! Je comprends à présent pourquoi la police et les *mardas* vous bottent les fesses de temps en temps ! Vous êtes vraiment impossibles ! Tout vous gêne ! La fumée de ma cigarette, le prix des légumes et des produits alimentaires... C'est facile après tout ! Que ceux qui sont gênés par la cigarette changent de compartiment, et ceux qui estiment que le prix des produits est élevé, qu'ils ne les achètent pas ! Personne ne vous y oblige ! Il faut savoir ce qu'on veut dans la vie ! On ne vous a jamais appris à vous débrouiller, ça se voit.

Les neuf personnes présentes suivaient ce discours avec des regards pleins de réprobation. Elles n'osèrent cependant pas répliquer. Le vieillard se contenta de lever les mains vers le ciel en disant :

– Nous sommes à Dieu, et nous retournerons à lui !

Le deuxième classe tira une dernière bouffée de sa cigarette, fit quelques ronds de fumée, écrasa le mégot contre la cloison métallique. La cendre se répandit sur le pantalon du jeune homme assis près de la portière. La main rugueuse du militaire se posa sur la jambe du jeune homme et, d'un geste brusque, tenta de réparer sa maladresse. Il ne réussit qu'à faire pénétrer davantage la cendre dans le tissu.

– Ce n'est rien ! dit le jeune homme en écartant la main du soldat.

Vexé, celui-ci passa plusieurs fois sa lourde main sur son treillis avant de bougonner :

– Ne fais pas le bien, et rien de mal n'arrivera !

Le jeune homme se contenta d'un soupir. Puis il tira un livre de la poche de son veston et se mit à lire. Ce geste ne passa pas inaperçu. Le deuxième classe en profita pour chercher querelle :

– Va soupirer sur ta mère, espèce de civil pourri ! Et ils prétendent qu'ils sont instruits ! Ils apprennent deux lettres à l'école et viennent nous emmerder. Ces sales types n'ont rien dans le ventre ! Ils pensent que la tête suffit. Ces enfants-là ne sont bons que pour le mépris. De nos jours, ce sont les épaules qui comptent. Si tes couilles ne sont pas en acier, le courant t'emporte ! Si tu avais été avec moi sur le front, je t'en aurais fait baver, microbe ! Ma parole d'honneur, c'est ça votre reconnaissance ? Pendant que je me crève le cul sur le front pour vous protéger, pour vous défendre contre vos ennemis, vous, vous continuez à mener la belle vie, à aller au cinéma tranquillement... Et quand je reviens, la seule chose que vous trouvez à dire c'est « Pfff ! ». Tas de merdeux !...

Le deuxième classe se vidait de ses haines et de ses frustrations. Le jeune homme ne répliqua pas. Il continua sa lecture sans trop se préoccuper de ce qui avait été dit. Il savait que l'homme lui cherchait querelle. Le vieillard fit craquer les grains de son chapelet avant de murmurer :

– Qu'Allah nous emmène dans la lumière !

– Toi le *chibani*, rugit le soldat, si tu continues à me narguer chaque fois que j'ouvre la bouche, je te ferai avaler ton chapelet ! Regarde et tais-toi ! Respecte les gens si tu veux qu'ils respectent ta barbe blanche !

Le train arriva à Sidi Slimane.

Sur le quai, il y avait plus de voyageurs que dans le train. C'était la veille des vacances. Quelques personnes descendirent avec difficulté. D'autres essayèrent de grimper, mais leurs efforts furent vains. Ils s'agrippèrent aux portières et s'assirent sur les marches, obstruant ainsi le passage dans les deux sens. Le chef de train criait, à ceux qui voulaient l'entendre ou le croire, qu'un train supplémentaire arriverait dans moins d'une demi-heure. En réalité, le train suivant ne passerait pas avant quatre heures (si tout allait bien). Mais il fallait calmer cette foule excitée. Tous les mensonges étaient bons.

Le train démarra subitement, sans même que le chef de train ait sifflé ou agité son drapeau. Des cris confus et des injures grossières fusèrent de partout. Des pierres crépitèrent contre la tôle mais aucune vitre ne fut atteinte. Le train prit de la vitesse puis, arrivé dans une pente, il fut ébranlé par une secousse violente. Quelques bagages placés dans un filet en piteux état se répandirent sur la tête des voyageurs. Pris de panique, ceux-ci s'agitaient en poussant des gémissements de douleur. Tout le monde se leva et on remit de l'ordre dans le compartiment. Dans un dernier hoquet, le train s'immobilisa en pleine campagne.

Les passagers qui occupaient les marches et les couloirs mirent pied à terre. Dehors, on respirait mieux. Ceux qui étaient assis et qui craignaient pour leurs places se contentèrent de passer la tête par les vitres baissées. Le vieillard se fraya un passage au milieu des corps en désordre et colla son nez contre la glace. Une orangeraie s'étendait à perte de vue. Les plus jeunes parmi les voyageurs qui étaient descendus sautèrent par-dessus les barbelés et saccagèrent quelques branches. Le vieillard sourit, extasié. Il se retourna vers ceux qui étaient restés assis et leur dit d'une voix remplie d'orgueil :

– Allah est grand ! Allah est généreux ! Il nous a tout donné ! Regardez-moi ces trésors de Dieu ! Aucun pays ne possède de si belles oranges ! Nous avons tout. Il ne nous manque que les bouches pour dire : « Louange à Dieu ! »

Le jeune homme referma son livre et jeta un regard distrait à travers la vitre : les fruits scintillaient sous les rayons du soleil. Puis il eut pour le vieillard un regard plein d'amertume avant de replonger dans la lecture.

– Pourquoi me regardes-tu de cette façon ? dit le vieillard.

Le jeune homme poursuivait sa lecture. Le vieillard posa alors sa main marquée de rides à plat sur le livre et répéta :

– Veux-tu me dire pourquoi tu me regardes ainsi ?

Le jeune homme leva les yeux vers lui et un sourire se dessina sur ses lèvres. Il referma ensuite son livre sur son index et, tout en regardant à travers la vitre, il s'adressa à son aîné en ces termes :

– Tu as raison, mon oncle ! Dieu a doté le pays de toutes les richesses. Dieu est généreux ! Mais ces richesses ne nous appartiennent pas tout à fait. Les meilleures choses vont à l'étranger. Tout ce qui est beau ou bien fait est destiné à d'autres : ceux qui le méritent, car ils ont de l'argent ! Ces beaux fruits dont tu es si fier sont pour les Français, les Américains... À nous, les restes, les déchets... à l'étiquette noire !

Le jeune homme se retourna et son regard croisa celui du vieux. Il n'eut pas besoin d'en dire davantage. Le vieillard avait compris. Ces oranges, il n'y avait jamais goûté. Les richesses du pays allaient ailleurs. Le pouvoir de l'argent !

Le train démarra aussi brusquement qu'il s'était arrêté. Les « voleurs d'oranges » se précipitèrent pour rattraper la machine en marche. Dans leur course folle, certains furent pris dans les barbelés où ils laissèrent des lambeaux de vêtements. Des cris et des sifflements s'élevèrent, étouffant tout autre bruit. Les derniers réussirent à se cramponner aux portières, et le train poursuivit son chemin.

Dans le compartiment 21, dix personnes, entassées comme des sardines en boîte, occupaient les huit places. La femme aux enfants ouvrit le baluchon qu'elle avait placé entre ses jambes et en tira un demi-pain qu'elle coupa en trois pour en donner un morceau à chacun des deux gosses. Elle garda le troisième pour elle. Le bébé qui était sur son dos joua un moment avec le pain avant de le porter à sa bouche. Il en détacha une miette, l'avala et faillit s'étrangler. Sa mère donna un coup d'épaule énergique et il se retrouva sur sa poitrine. Elle souffla plusieurs fois sur son visage, lui administra deux petites tapes sur la nuque puis, voyant que cela n'arrangeait rien, elle introduisit son index dans la petite bouche. Le bébé eut soudain le visage congestionné. Le doigt cherchait toujours. Le souffle coupé, l'enfant se mit à vomir d'abondance sur le voile de sa mère. Le deuxième classe estima qu'il était de son devoir de conseiller la femme :

– Tu vas tuer cet enfant, « Lalla » ! Il est encore trop jeune pour manger du pain. Si tu n'as pas assez de lait dans tes seins, il faudra lui donner du lait artificiel. C'est aussi bon et aussi nutritif que le lait maternel.

La femme le regarda à travers son voile trempé de sueur, de morve et de vomi. Ses yeux disaient tout son mépris. Elle essuya le visage du bébé avec le revers de sa main, ajusta son voile et lança au soldat :

– Tes conseils, tu peux les garder pour toi ! Le pain, c'est ce qui t'a donné des genoux de chameau. Moi, *Barakallahoufik*, moi s'il te plaît, je n'élève pas mes enfants avec du lait en poudre ! Sais-tu au moins combien ça coûte ? Laissons ça aux gens qui ont les moyens ! Nous serions heureux si nous avions du pain tous les jours ! Et puis, quelle idée ! Changer le sein contre du caoutchouc ! Tu ne sais pas ce que tu dis ! Alors tais-toi !...

Le deuxième classe grogna un : « Ne fais pas le bien et aucun mal n'arrivera ! », puis il alluma une autre cigarette dont il souffla la fumée en direction de la femme. Celle-ci se mit à tousser en agitant sa main ouverte devant son visage. Personne ne dit un mot.

– Ils ne sont forts qu'avec les femmes seules et les orphelins, renchérit la femme. Si mon mari était avec moi, il t'aurait appris à bien te conduire !

– Dix hommes comme ton coq de mari ne me feraient pas peur. Tu vois ces biceps, ils sont capables d'affronter tout un bataillon.

– Tu peux te vanter avec ta force ! Demain Dieu te l'ôtera pour avoir offensé une pauvre femme !

À ce moment, un mendiant aveugle, conduit par une fillette d'une dizaine d'années, passa en demandant la charité.

– Vous nous pourchassez même dans les trains à présent ! s'exclama le soldat. Quelle honte ! Vous êtes partout, comme la misère. Jusque dans les hôpitaux et les cimetières. Ma parole, on croirait qu'il n'y a plus que vous sur terre. Rien ne vous arrête !

– Nous demandons la sécurité à Allah ! dit le vieillard de son côté. Il n'y a plus qu'eux dans ce pays ! Le pays de la mendicité. On n'est plus à l'abri nulle part, *Satama !*

– Dites : *Salama Yamoulana !* La sécurité, mon Dieu ! dit le mendiant avec douceur. C'est Allah qui l'a voulu. Je le remercie de ses bienfaits. Faites-en autant et ne blasphémez pas !

– Va ! répondit le soldat. Que Dieu accepte notre repentir et le tien. Seul Allah donne. Je parie que tu es plus riche que nous tous qui nous trouvons ici. Peut-être même possèdes-tu des maisons, des boutiques, un hammam et un four !

– J'ai aussi un minaret et un jardin public, ironisa l'aveugle. À présent, qui veut donner la charité de Dieu à un infirme ? Ce que vous voulez ! Un réal ou deux. Allah vous le rendra le Jour du Jugement dernier...

La fillette, pressée par le mendiant, entama d'une voix chantante :

– Qui veut faire l'aumône à ce pauvre infirme ? Où sont les enfants de la bénédiction, les enfants légitimes ? Qui veut avoir pitié de quelqu'un que la vie a éprouvé ? Dieu aura pitié de lui ! Un sou comme obole à l'âme de vos défunts ! Qui aura pitié de ce malheureux ? Un réal ou deux en offrande pour vos parents. La charité pour ce *maskîne* qui a perdu la vue et la lumière !...

Un voyageur tira une pièce de dix centimes de sa poche et la donna à la fillette. Celle-ci plaça la pièce de monnaie dans la main du mendiant qui la porta à ses lèvres et l'embrassa. La fillette repartit de sa voix mélodieuse :

– C'est un croyant qui nous a offert dix centimes ! Que Dieu les lui rende par centaines, par milliers ! Il nous a donné de son argent, qu'Allah lui donne la santé et la richesse ! Qu'il lui donne une progéniture facile, bonne et travailleuse ! Qu'il facilite sa vie et ouvre tous les chemins du bonheur devant lui !...

La fillette se tut. L'aveugle enchaîna :

– Va ! Que Dieu te donne jusqu'à ce que tu sois comblé ! Qu'Allah t'envoie le bien et éloigne de toi le mal ! Que Dieu te fasse triompher de tes ennemis ! Que ta voie soit une lumière et ta vie un succès ! Que Dieu blanchisse ton destin ! Que chacun de tes pas te mène à la réussite ! Que Dieu allume ta lumière ! Qu'il t'engage dans le chemin du bonheur, toi, tes enfants, tes proches !...

Le mendiant s'arrêta, essoufflé. La fillette reprit son refrain de tout à l'heure. Excédé, le deuxième classe se leva et tira la portière.

« Fils de chien ! jura l'aveugle. Que Dieu referme toutes les portes du bonheur devant toi, comme tu as refermé celle-ci ! Qu'il te dérobe la lumière des yeux et qu'il t'oblige à tendre la main ! Va, ma fille ! Qui n'est pas sorti de ce monde, n'est pas à l'abri de ses misères !... »

Et il s'éloigna, guidé par la fillette.

Soulevant sa djellaba, le vieillard se mit à se gratter le pied, recouvert d'un pansement, juste au-dessus de la cheville.

– Que Dieu te guérisse ! lui souffla son compagnon de voyage.

– Tu ne verras point le mal, In Châa Allah ! répondit le vieillard.

La conversation s'engagea entre les deux hommes. Les autres écoutaient. Le mouvement des yeux marquait le passage du dialogue d'un personnage à l'autre.

– Que t'est-il arrivé, mon frère ?

Le vieillard passa plusieurs fois la main sur le pansement avant de répondre :

– Un bouton qui s'est infecté. Que Dieu vous préserve et nous préserve tout autant !

– Et qu'a dit le médecin ?

– Le médecin ? Il n'a rien dit. Il a regardé mon pied de loin et a appelé une infirmière : « Un peu de mercurochrome et un pansement pour ce *chibani*. Au suivant ! »

En sortant du cabinet médical, l'infirmière lui avait demandé s'il avait le nécessaire pour qu'elle lui fasse le pansement. Le vieillard ne comprenait pas.

« Je te demande si tu as du "médicament rouge" et des pansements ?

– Non, Je... »

Elle s'était mise en colère.

« Tu ne crois tout de même pas que je ponds les médicaments ici ! Va chercher ce qu'il te faut si tu veux qu'on te soigne ! »

Et elle l'avait abandonné.

– *Salama !* dit l'autre. Il n'y a même plus d'aspirine dans les hôpitaux ! Si on ne peut même plus être soigné...

Et il continua :

– Ma femme devait se faire opérer du goitre. L'oreiller, les draps et les couvertures, c'est moi qui les ai fournis. À chaque visite, on me donnait une ordonnance pour l'achat des médicaments. Le jour de l'opération, on m'a envoyé chercher du sang à la « Banque du sang ». J'ai supplié qu'on m'en vende quelques gouttes. « Il n'y a pas le groupe sanguin que tu cherches. Il faut attendre ! », me dit-on. J'ai compris. Dix dirhams à un infirmier qui m'a procuré ce dont j'avais besoin. À l'hôpital, il n'y a que le bakchich qui parle. Si tu ne montres pas la couleur de ton argent aux infirmières de service, tu peux crever, elles ne viendront pas à ton secours. Après l'opération, la moitié du goitre de ma femme a disparu. Du coup, elle a perdu la voix. On l'a recousue comme un sac.

– Que Dieu nous emmène dans la lumière ! ajouta le vieillard. Il ne reste plus rien qui fasse plaisir sur cette terre ! Tu entres en bonne santé dans un hôpital et tu en ressors malade. Quand on fait confiance à des gamins qui ne savent même pas se moucher ! Ils portent le tablier et se disent docteurs ! Que Dieu arrache la racine de la médecine quand elle arrive entre les mains de gens sans conscience. Tout le monde veut devenir médecin. Dans les villes. Pas n'importe où, bien sûr ! C'est dans les villes qu'on ramasse le plus d'argent ! Les médecins y sont plus nombreux que les marchands d'épices ! Ils apprennent le métier sur les pauvres. « Coiffeurs, apprenez le métier sur la tête des orphelins ! » Pour ces gens-là, le métier ne dépasse pas le port du tablier...

– Même quand tu vas chez un médecin privé, coupa l'autre, c'est pareil. Dans la salle d'attente déjà, des pancartes pour ceux qui savent lire : « Trente dirhams la consultation. » Ou encore : « La maison ne fait pas de crédit. » Quand tu entres pour la visite, le toubib te demande : « De quoi souffres-tu ? – Si je savais de quoi je souffre, je ne serais pas venu te voir ! C'est toi le toubib ! »

Les deux hommes éclatèrent de rire. Le jeune homme esquissa un sourire poli. L'homme continua :

– Ce qui est marrant chez eux, c'est la radio. Pour n'importe quoi, on te fait passer la radio. Ça fait sérieux. Ça permet de voir à l'intérieur, d'être tout près de la maladie. Généralement, c'est une caisse métallique dans une chambre noire avec une ampoule rouge. À la fin de la consultation, le médecin te délivre une ordonnance et te dit chez quel pharmacien tu dois aller. « Si dans deux jours ça ne va pas mieux, reviens me voir ! Je te changerai ton traitement ! » Et ça peut durer des mois et des mois comme ça. Tu deviens « client » et ton docteur te suit. Puis, d'un traitement à l'autre, il finit par tomber sur le bon...

– Forcément, dit le vieillard, si tu n'es pas mort avant ! Ou ruiné... C'est le monde à l'envers. Je me rappelle une époque où les médecins passaient dans les maisons pour s'enquérir de la santé des gens et aider les femmes enceintes. À présent, ils espèrent notre mort et nous recommandent de fermer le robinet. Ils prétendent que nous sommes trop nombreux. Quoi qu'ils disent, les enfants sont la richesse de ce bas monde...

– Il faut dire qu'il y a de très bons médecins chez nous aussi. Des têtes. Mais, ceux-là, ils ont leur clientèle. Et il faut aller les chercher à Rabat ou à Casa !

Sur ces entrefaites, le mendiant réapparut. La fillette le traînait toujours par la main, au milieu des corps fatigués et des bagages empilés. Pieds nus, elle mordait de toutes ses dents dans un croûton. Sa robe sale et déchirée laissait voir ses genoux. En dessous, elle ne portait rien. L'aveugle entama sa litanie :

– Qui veut faire l'aumône à ce mendiant ? Une pièce à ce malheureux pour payer votre place au Paradis ! Où es-tu, toi qui es béni par tes parents ? Qui me paie un pain, Dieu le paiera ! Donnez-moi, Allah vous donnera ! Pitié pour l'aveugle qui est devant vous ! Que Dieu illumine votre chemin ! *Al Mouminines !* Ô croyants !...

Il tendait la main droite devant lui. Le deuxième classe avança sa cigarette et secoua la cendre dans le creux de cette main tendue. L'aveugle s'immobilisa, ouvrit les yeux et se mit à proférer des injures :

– Fils de l'adultère ! Va ! *Aaz'kar batata*, soldat-pomme-de-terre ! Dieu est témoin de ce que tu as fait à un mendiant et tu recevras de lui le châtiment que tu mérites ! Qu'Allah fasse que tu n'arrives jamais à destination ! Qu'il te dérobe la raison et la lumière des yeux ! Va ! Je te laisse Dieu !...

Le soldat afficha un sourire méprisant avant d'interrompre le mendiant.

– Dis-moi *chibani*, combien est-ce que tu loues cette enfant pour qu'elle te guide ? Tu la loues au mois ou à la semaine ?

Le mendiant grogna une dernière injure entre ses dents et disparut dans la foule des voyageurs, à la recherche de quelque croyant avide de Paradis.

– Il ne reste plus de musulmans sur cette terre, dit le vieillard voyageur. On triche même pour mendier. *Salama Yamoulana !* La sécurité, mon Dieu !

Le deuxième classe écrasa son mégot contre la vitre. Le vieillard baissa les yeux. La femme bougeait d'avant en arrière pour endormir le bébé qu'elle avait sur le dos. Son voile lui collait aux joues. L'autre bébé tirait sur une mamelle fatiguée. Le soldat, fier de son spectacle, continuait à parler tout seul :

– Ce sont tous des enfants de putes ! Je connais leurs manœuvres. Cette fille n'est pas la sienne. Un vieillard comme lui ne peut plus avoir d'enfants. Ils vont demander aux voisins et amis leurs enfants, moyennant une certaine somme d'argent. Cette fille est victime de l'ignorance, de l'insatiabilité de ses parents et de la monstruosité de cet homme. Ils sont tous en train de briser son avenir. Au lieu de la mettre à l'école, ils la livrent à cet enfant de l'adultère contre deux sous...

Le jeune homme interrompit sa lecture et leva les yeux sur le militaire. Il le contempla un instant, rêveur, mais ne dit rien. Il savait qu'une discussion avec cet homme borné ne mènerait nulle part. La femme aux enfants ajusta son voile mouillé et, fixant le militaire d'un œil mauvais, elle lui dit :

– L'école ! Tu y crois, toi ? J'ai huit gosses. Un seul va encore à l'école. Quatre ont déjà été renvoyés et le cinquième n'y avait pas sa place. Et puis avec tous les frais, il vaut mieux ne pas en parler ! L'école, c'est pas pour nous ! Laissons ça à ceux qui ont les moyens ! L'école !...

– Je me rappelle une époque, intervint le vieillard, où les *mokhaznis* venaient nous chercher de force pour qu'on aille à l'école. On ne payait pas un centime. C'était une époque ! Vous pouvez me dire à quoi sert l'école de nos jours ? Mon petit-fils est licencié. Il a fait son service civil et, depuis deux ans, il cherche du travail. Ça ne mène plus à rien, les études !

– On dit que le niveau des élèves baisse, dit le voisin. C'est normal quand les enseignants sont mal formés, mal payés et mal encadrés... « D'où provient cette branche ? demande-t-on. De cet arbre ! »

– Nous faisons trop d'enfants et tout le monde veut une fonction dans le *Makhzen*. Tout le monde recherche le stylo et le bureau. Nous mettons nos enfants à l'école dans l'espoir qu'ils deviendront tous des fonctionnaires de l'État. Demain, il n'y aura plus de menuisiers, plus de mécaniciens, plus de boulangers, plus de fripiers, plus d'agriculteurs... Ce n'est pas la faute à l'école, mais à notre raisonnement de chauve-souris. Il n'y a pas que l'école dans la vie ! Faites apprendre un métier à vos enfants ; c'est le meilleur service que vous puissiez leur rendre !...

– Moi, je veux bien qu'ils apprennent un métier, dit la femme. Mais où ?

– Vous avez tous raison, dit l'un des voyageurs. Mais c'est un faux problème. Nos enfants doivent avant tout apprendre à lire et à écrire. Ils doivent tous avoir les mêmes chances de réussite. Ce ne sont jamais les meilleurs qui occupent les bancs des écoles. « L'ignorance est un opprobre », a dit le Prophète. Que le salut et la prière soient sur lui. L'école doit aider nos enfants à devenir adultes. Quand on met un enfant de dix ou douze ans dans la rue, il est certain qu'il n'apprendra que la délinquance. Nos enfants sont en danger parce que l'école est incapable de faire d'eux les citoyens de l'avenir. Il n'y a plus de place pour eux dans ce nouvel univers...

– Qu'on trouve d'abord un morceau de pain ! dit une voix. Le reste, on y pensera après...

La conversation s'arrêta là. Quelque chose de nouveau était en train de naître. La parole. Les gens parlaient, disaient ce qu'ils pensaient des problèmes du jour. Qu'est-ce qui se passait ? Auraient-ils vaincu la peur ?

Le train ralentit, ralentit encore et finit par s'immobiliser au milieu d'un champ. En un clin d'œil, tous les jeunes qui emplissaient les couloirs mirent pied à terre pour savoir ce qui était arrivé. Le train venait de happer un troupeau de moutons qui broutaient sur la voie ferrée. Le berger, un gamin d'une dizaine d'années, pleurait sur les cadavres de ses bêtes.

– Ça lui apprendra à surveiller ses animaux ! dit quelqu'un.

Des cris s'élevèrent. On vit arriver une douzaine de gaillards armés de pierres et de manches de pioches. La première pierre passa à travers une vitre et la brisa en mille morceaux. Des hurlements jaillirent de tous côtés. Et pendant que les uns lançaient des pierres contre les wagons, les autres frappaient la locomotive avec leurs gourdins. Quand le train démarra, les attaquants se dispersèrent.

« Le lendemain, pensait le jeune homme, les gendarmes viendraient et rassembleraient tous les hommes du village. Ils les garderaient pendant quelques jours, le temps de se convaincre de leur culpabilité, ensuite ils les présenteraient au caïd du Cercle qui les obligerait à rembourser les dégâts. Puis, on les mettrait en prison, ou bien on leur rendrait la liberté. Question d'humeur et de prix. Ni l'argent ni la prison n'ont jamais corrigé les hommes. Ceux-là ne connaissaient ni leurs droits ni leurs devoirs. Leur acte était le résultat de leur ignorance. » Ainsi pensait le jeune homme au livre.

« Sidi Kacem ! » annonça une voix dans un haut-parleur enroué.

Des cris, des appels assourdissants. On courait en toute direction. Un porteur d'eau présentait aux voyageurs une boîte de conserve remplie d'eau.

– Eau fraîche ! répétait-il, sans relâche. *Barrad Ya Atchâne !* Rafraîchis-toi ! Une tasse d'eau en offrande pour l'âme de vos défunts parents ! De l'eau bien fraîche ! *Ammiha Trya !*

Le vieillard demanda à boire. La boîte de conserve remplie d'eau passa de main en main. Il en vida d'un trait le contenu, puis il tira de sa poche une pièce de dix centimes qu'il plaça dans la boîte vide. Celle-ci refit le trajet en sens inverse jusqu'au marchand qui fit alors un boucan de tous les diables :

– *Ya Ibad Allah !* Ô esclaves de Dieu ! Voyez quelle injure me fait cet homme ! Une pièce de dix centimes ! Quelle misère ! Qu'est-ce que je vais pouvoir acheter avec ça ? Ça ne rapporte plus un chewing-gum de nos jours ! Quelle humiliation !...

Le vieillard se défendit :

– Aie honte, mon enfant ! Tu veux voler ? Dix centimes pour une gorgée d'eau ; que veux-tu de plus ? Remercie Dieu *Aoulidi* pour ses bienfaits, et accepte le peu si tu veux qu'il te donne davantage !

– Je ne veux remercier personne, répondit le marchand avec insolence. Remercie-le, toi, si tu veux ! Moi, je veux être payé à la mesure de ma peine. Je ne demande que mon droit ! Barbe de Satan !

Le deuxième classe se leva, retira sa casquette qu'il déposa à l'endroit où il était assis, empoigna le petit marchand par le col de sa chemise et le roua de coups.

– Tu n'as pas honte, fils de l'adultère ! Insulter un homme qui pourrait être ton grand-père ! Fils de chiens ! Si tes parents ne t'ont pas éduqué, je vais le faire à leur place. Prends encore ces gifles. Ça t'apprendra à parler aux anciens !

Les cris du porteur d'eau emplissaient le wagon. Les deux bébés se réveillèrent et se mirent à sangloter. Un attroupement se forma devant le compartiment. Le militaire a fait son devoir, disaient les uns. Ils s'est mêlé de ce qui ne le regardait pas, rétorquaient les autres. Pendant ce temps, l'enfant criait, injuriait, se contorsionnait pour échapper à l'étreinte du soldat. Il réussit finalement à s'éloigner en hurlant dans la direction du deuxième classe :

– Tu es maudit ! Que Dieu fasse disparaître à jamais tes débris ! Tu te défoules sur moi parce que je suis un gamin sans défense ! Descends si tu es un homme ! Je te crèverai les yeux et je t'enculerai devant tout le monde ! Tu fais l'intéressant parce que tu portes l'uniforme. Mais je suis sûr que tu te fais niquer par tes camarades de régiment. Descends !...

– Qu'Allah nous emmène dans la lumière, dit le vieillard désabusé. Il n'y a plus de respect, plus de pudeur. Je me rappelle une époque où l'on n'osait pas lever les yeux sur les adultes. Les temps de la honte sont révolus. Quand mon père, que Dieu l'ait en sa miséricorde, me donnait une gifle, je lui tendais l'autre joue. Tout se perd *Yalatif !* Qu'avons-nous fait au bon Dieu pour qu'il nous donne une jeunesse pareille ? On s'étonne qu'il ne pleuve plus, que tout devienne cher, que la corruption et la prostitution se répandent, que le musulman tue son frère... Ce sont les signes de la fin des temps ! Les enfants de l'adultère sont partout comme les sauterelles ! Le maudit ! Il n'a eu de respect ni pour mon âge, ni pour mes cheveux blancs ! Que Dieu le paie ! Qu'il me venge de cet enfant de malheur !

– Qu'est-ce que tu veux, dit le deuxième classe, les enfants d'aujourd'hui sont tous comme ça. Il faut les battre comme des bourriques pour qu'ils se mettent au pas. Il n'y a pas de discipline en dehors de l'armée ! Dans mon régiment, il ne parlerait pas comme ça ! Il ne parlerait même pas du tout. Il a de la chance ! Dans le civil, les enfants sont insolents. Ils n'ont personne pour les prendre en charge, les surveiller. Ils n'ont que la rue. Il n'y a de vrai que l'armée, c'est moi qui vous le dis.

Le train démarra. Un épais nuage de poussière s'éleva tandis que le train prenait de la vitesse. Dans les compartiments et les couloirs, les voyageurs étaient serrés les uns contre les autres. Les bagages encombraient le passage. Dans le compartiment 21, l'incident du porteur d'eau avait fait rebondir la conversation.

– Nous sommes à Dieu et nous retournerons à lui ! répétait le vieillard. Qu'Allah nous préserve des enfants de l'adultère et nous emmène dans la lumière ! Bientôt le déluge, bientôt !

– Calme-toi ! lui lança son compagnon. Laisse-lui Dieu ! Lui seul est capable de te venger de lui !...

– Tu as raison, mon frère, répondit l'homme à la barbe blanche. Je lui laisse Dieu ! Qu'il lui donne le mal dont je souffre ! Qu'il ne lui fasse jamais voir les portes du Paradis ! Chaque vendredi, je lèverai mes mains après la prière collective pour qu'il me venge de cet enfant de pute !

Ce dernier mot grinça dans les oreilles du jeune homme. Cependant, il ne ferma pas son livre, ni ne regarda dans la direction du vieux. La femme aux deux enfants s'était endormie, le voile mouillé de sueur, de larmes et de morve.

– Quelle heure est-il ? demanda le vieillard à son compagnon.

– L'heure est à Dieu ! répondit celui-ci. Je n'ai pas de montre, mon frère.

– Merci ! dit le vieillard. Puis il se tut.

Dix-neuf heures. La locomotive tirait péniblement ses wagons. Une fumée dense emplissait les compartiments et les couloirs. À la fumée des cigarettes, s'ajoutaient la fatigue et la chaleur. Les corps absents, ballottés par la machine infernale, ressemblaient à des marionnettes de carton-pâte, la main du destin dissimulée quelque part entre la réalité et l'amertume.

Le train arriva à Meknès vers dix-neuf heures trente. Comme partout ailleurs, il fut littéralement happé par des myriades de voyageurs. Une rumeur aiguë se faisait entendre, dans le plus grand désordre. Un marchand de menthe, un marchand de journaux, un marchand de pépites... proposaient leurs produits à la cohue. Personne ne s'arrêtait. Des valises et même des voyageurs passèrent par les vitres baissées. Des élèves officiers en tenue de sortie attendaient dignement. Ils riaient au souvenir de leurs exploits au tir, au combat et au parcours du combattant. Des enfants que la chance ou le destin attendaient au bout du chemin.

Les voyageurs arrivés à destination se ruèrent vers la sortie dans une bousculade épouvantable, pendant qu'un employé, fonctionnaire de la gare, courait de l'un à l'autre pour récupérer les titres de transport.

Sur le quai, dans la salle d'attente et dans le hall, patrouillait la police militaire.

Je fus emporté par la vague humaine. Devant le portail, deux individus en costume sombre et cravate interceptèrent le jeune homme au livre qui, surpris, mais sans aucune résistance, les accompagna jusqu'à leur véhicule où l'un des voyageurs du compartiment 21 était installé.

Je déposai ma valise à terre et suivis du regard la voiture qui s'engouffrait dans la grande avenue avant de disparaître au milieu du trafic.

J'entendis un sifflement. Le train poursuivait son chemin à travers la misère, vers d'autres villes, d'autres horizons. Puis, lentement, la nuit engloutit les images brumeuses et les souvenirs.

C'était la fin d'un voyage et le début d'une grande lassitude.

Les verbes
Dresseront des pierres
Qui les porteront
À l'origine
Un aigle survolera
Les ruines et son
Ombre
Trouvera l'heure

SERGE PEY

Quand j'arrivai à Azrou, tu étais déjà parti. J'éprouvais une sensation de vide. L'enfant prodigue était de retour. L'étranger revenait chez lui, parmi ses pierres et ses souvenirs.

À ma descente du car, je guettai les odeurs et les bruits. Rien n'avait changé de ce côté-là. Les cris, confus, un peu plus amples peut-être, fusaient de partout. Les porteurs criaient à qui voulait les entendre de dégager le passage. Les chauffeurs de cars et de taxis annonçaient tout haut leur destination. Les hurlements des gens se mêlaient au braiment des ânes comme tous les jours au centre de la ville.

L'odeur des brochettes grillées sur la braise, celles de la soupe fumante, des épices, du thé à la menthe et des beignets, emplissaient ma tête à me donner le vertige. Ma valise à la main, je longeai les petites boutiques aux murs mal chaulés et comme remplis d'échos. Au pied des murs, des hommes étaient prostrés, le regard mauvais. D'autres jouaient aux cartes ou aux dames, en attendant l'appel du muezzin à la prière. D'autres encore fumaient du kif et prisaient du tabac. Ces hommes graves attendaient. Probablement un départ ou un retour. Peut-être rien. Ils étaient là par oisiveté, par habitude, au pied des murs, témoins de l'histoire. Témoins du temps. Témoins de leur propre néant. Leurs gestes étaient lents et mécaniques, programmés par la misère et la fatalité. Toujours les mêmes. En attendant que la grande pendule silencieuse tombe en panne ou sonne le glas. Des hommes de paille à la merci du destin. Et quel destin ! Celui qu'ils trouvaient au pied des murs, avec le kif, les cartes, les dames, quelques rires figés, semblables à des caricatures. Une petite vie où la violence était étouffée par la lenteur, dans les rues ouvertes sur l'angoisse. Des points d'interrogation brillaient dans les yeux des enfants comme des vers luisants. Pour les adultes, pour ces hommes assis là, le long des murs, l'attente d'un miracle, d'un signe du ciel. Métamorphoser la banalité du quotidien en quelque chose d'inattendu. Silence serein ou sommeil tranquille. Une bouffée d'air. En attendant, ils restaient au pied du mur, près des détritus, au milieu des excréments d'animaux.

La ville étourdie me reprenait dans ses flancs et se refermait sur moi telle une matrice. Au fur et à mesure que j'avançais en toi, Azrou, j'étais pris par ton odeur forte. Tu me serrais dans tes bras et j'étais à la fois comblé et infiniment triste. Ton affection n'empêchait pas les souvenirs denses de remonter à la surface de ma peau, si nombreux que j'en avais des démangeaisons. J'eus l'impression de renaître aux fantômes du passé. Le *fandouk* conservait sa grandeur. « Akechmir » était assis tel un mystique sur la piscine. Il surveillait, de son air indifférent, les maisons basses que les tempêtes de l'hiver et les orages de l'été inquiètent par leur violence. Parfois, un mur tombe, un toit s'envole. Il faut vivre avec cela aussi. Les montagnes échevelées qui entouraient et protégeaient l'immense bloc de pierre donnaient à « Akechmir » une touche majestueuse. Roi du roc. Azrou. Tu avais donné ton nom à la petite ville et vos deux âmes s'étaient confondues, corps couverts de misère et de poussière.

J'arrivai à Titahcen. Là, une surprise désagréable m'attendait. On avait coincé l'eau de la source entre deux murs de béton armé. L'architecte avait mis toute sa stupidité dans ce café maure qui surplombait les eaux. Je hâtai le pas. Je courais à la poursuite de mes souvenirs qui furent retenus par le béton. Aïcha Kandischa avait déserté les lieux pour des endroits plus originaux. Mes rêves fous n'auraient donc pas de suite. Les mains de l'homme avaient trahi le passé. Et mes blessures n'étaient pas tout à fait cicatrisées.

Je tournai au coin de la première rue, grouillant d'enfants. J'eus du mal à passer à cause du désordre qui y régnait. Des dessins obscènes occupaient à profusion les murs dans toute leur longueur. Un pénis géant pointé sur un vagin ensanglanté. Des fesses de femmes charnues, des croupes proéminentes. Çà et là, on rencontrait un pénis isolé ou un vagin nettement dessiné. L'issue du charbon noir et de la craie de couleur. Une expression comme une autre. L'art de la rue offrait au regard des passants un exutoire aux obsessions.

Arrivé au bout de la rue, je vis ton frère cadet avec tous les enfants du « Derb ». Il fumait son joint, les yeux fixés sur la maison d'en face où un visage féminin se découpait dans l'encadrement de la fenêtre. Dès qu'il m'aperçut, il passa son mégot à son compagnon et vint vers moi. Il m'embrassa chaleureusement avant de m'arracher la valise des mains.

– Je ne t'avais pas reconnu avec la barbe ! s'exclama-t-il. Ça te change, tu sais ! Ma mère est à la maison. Elle sera heureuse de te revoir...

– Et ton frère Rahou ? demandai-je promptement.

– Ça fait un an qu'il est à l'étranger. Il a laissé une lettre pour toi avant son départ.

– Et comment ça va ici ?

– Comme toujours ! Les jeunes partent sitôt que les circonstances le leur permettent. Les campagnards prennent la place des absents, et la vie continue...

– Et toi ?

Il ne répondit pas. Il avait honte de me dire qu'on l'avait renvoyé du lycée. Je le savais et n'insistai pas. Nous engageâmes une discussion sur l'équipe locale de football. Son commentaire était passionné mais son ambition se bornait à voir son équipe monter en deuxième division. Il avait dix-huit ans. À part quelques dimanches de grande excitation, ses journées étaient vides, comme sa vie. Heureusement, il y avait les joints... et la fenêtre.

Le car qui m'emmenait vers toi, ce squelette mécanique, s'arrêtait tous les vingt mètres pour faire monter des voyageurs isolés, oubliés depuis des heures dans un champ ou sous un arbre desséché.

– La sécheresse, dit le chauffeur à haute voix, c'est l'homme qui l'occasionne. Dieu ne nous veut que du bien. Toujours. La *baraka* s'en va *Yalatif !* L'Aïd El Kébir ; ce n'est jamais qu'une offrande pour le ciel. On ne respecte plus les préceptes du Coran. Le sang du saint Sidna Ibrahim ne coule plus, et la pluie ne tombe plus.

Ainsi pensait l'homme du peuple. Cloué sur son siège en fer forgé, il répétait tout haut ce que les gens de sa condition pensaient tout bas. Il ne pouvait pas penser plus loin que la route et un tagine. Il ne vivait, ne trimait que pour manger.

Il s'arrêta au beau milieu du chemin pour embarquer un berger et sa brebis. Un tocsin de klaxons s'éleva derrière lui. Il sortit sa tête par la vitre baissée et aboya à l'intention des chauffeurs impatients :

– Ceux qui sont pressés sont morts ! Laissez-moi gagner un morceau de pain en paix ! Vous êtes tombés de la dernière pluie et vous vous prenez pour des conducteurs ! J'ai mon permis de conduire depuis 1946 et jamais d'accident avec ça ! Quand les poules auront de la laine... Rangez votre impatience dans votre cul et taisez-vous !

Ta mère me serra très fort dans ses bras et pleura longuement. Elle me demanda des nouvelles de ma famille, et remercia Dieu des bienfaits qu'il nous accordait. Elle aussi me dit que j'avais changé. La barbe. Elle me prépara du thé à la menthe et m'offrit des gâteaux. J'aurais préféré un morceau de pain avec du beurre rance, comme autrefois. Pendant que je buvais mon thé, elle me fit un résumé de la situation à Azrou depuis notre départ et me dressa la liste des morts. Seule la disparition de Hammada me bouleversa. La mort l'avait surpris dans la forêt, au milieu de ses arbres et de ses oiseaux. Mort comme meurent les pauvres de chez nous : seul. Seul avec sa misère et sa folie. Le son de sa voix emplit ma tête et je me rappelai ses paroles. Je demandai à ta mère si sa mort n'avait rien changé à l'atmosphère d'Azrou.

– Tu sais, me répondit-elle, sa mort est une délivrance pour ceux qui avaient à craindre pour leurs privilèges. Hammada dénonçait les injustices et les abus. C'était un fou mais, au fond, les gens ont toujours peur de la parole des fous. Seuls, ils sont capables de dire la blessure de la terre et de nommer la douleur. Pourquoi crois-tu que les gens riches l'invitaient et lui offraient leurs vieilles djellabas ? Ils le corrompaient. Ils achetaient son silence. Sa disparition les a soulagés. Mais pas pour longtemps. La relève a été vite assurée par un autre. Plus jeune et plus fou encore. Sa parole fait fondre les pierres, mon fils. Dans ce domaine au moins, nous n'avons rien à craindre. Nous avons toujours eu nos fous...

Les fous dérangent le temps dans son immobilité, bénéficiant de la fausse indulgence des gens. Chez nous, ils ne sont ni enfermés, ni rejetés. Leur corps est une abstraction. Seule leur parole représente un danger. Elle révèle le marasme de l'existence. « Le fou, dit l'adage, ne le sodomise pas et ne le laisse pas te sodomiser. Si tu le fais, il te dénonce. S'il le fait, il te dénonce. » Les hommes ont peur de la vérité. Le temps est au mensonge, au vol, à la corruption et à l'hypocrisie. Les fous refusent de vivre dans la souillure. C'est pourquoi ils rejettent l'univers des chiens pour crier leur haine, braver les convenances et les entraves de ce monde. Les gens ne prennent pas leur parole au sérieux. Ils en rient. Mais au fond, elle blesse. Elle ouvre les plaies et remue la fange des consciences. Une parole toujours nouvelle qui s'incruste dans la pierre pour les nouvelles générations, et fait l'histoire. La vraie. Celle qui ne figure ni dans les manuels scolaires, ni dans les textes officiels. Tout au long de sa vie, Hammada a répété l'histoire de chacun de nous et sa parole habite nos corps frissonnants. Sa parole va avec l'eau claire, avec le rire, puis revient toujours pour nous mettre en garde contre nous-mêmes. Toujours aussi forte, aussi rigoureuse. Parole contre l'oubli. Horribles reflets du miroir. Son corps n'est plus. Mais sa silhouette se faufile toujours dans l'ombre des rues et ses mots-projectiles cognent contre notre conscience endormie. Où s'arrête la raison ? Où commence la folie ? Hammada le savait, lui, puisqu'il n'y avait pas de limite à son discours. Fou mais sincère. Fou mais vrai. Vrai dans sa folie. Et sincère dans sa furie verbale. Parler sec. Parler net. Parler à bout portant. Sans mesure. Sans manière. Sans artifice. Le royaume réservé des sans esprit. Combien d'individus lucides ne sont-ils pas tentés par une telle folie ? Dire ! Dire ! et que les ténèbres surviennent !

Ensuite, ta mère me parla de Salah et de Brahim. L'un était devenu douanier, l'autre gendarme. Elle me fit un rapport sommaire sur les richesses qu'ils avaient accumulées en moins de huit ou dix ans. Pourtant, tout le monde sait que le salaire d'un gendarme ou d'un douanier ne nourrit pas son homme. C'est pourquoi le destin a inventé des « à-côtés » pour que le petit fonctionnaire construise son nid. Mais l'argent des autres a bon goût et le petit fonctionnaire finit par confondre droit et pot-de-vin. Si bien que les autres ont pris l'habitude de parler avec leur portefeuille. C'est plus facile. Mais plus contraignant. Et à la longue, ça devient très embêtant. Les fourmis et les vers peuvent-ils nous sauver de l'humiliation quotidienne, de la haine, de l'indifférence ? « Le temps » répète-t-on. Les hommes courbent l'échine sous le poids du mal, de l'ignorance. Ils fabriquent des Salah et des Brahim pour leur malheur. Les murs se sont élevés et la peur régit désormais nos pensées, nos actes, nos rapports. Et derrière les murs, le silence. Nous attendons que les morts se lèvent pour porter nos cadavres. Les temps se sont mêlés. Le présent ne ressemble déjà plus au passé. Et qui sait de quoi demain sera fait ?

Nous oublions nos cadavres, et chaque jour est pour nous une nouvelle désolation. Les Salah et les Brahim font la nuit autour de nous. Dieu, feras-tu un jour la part des choses ? Notre sommeil durera-t-il encore longtemps ? Et notre cri, combien de temps les Salah et les Brahim peuvent-ils encore l'étouffer ? Ta main, bon Dieu ! Nous avons besoin de ta main pour faire justice dans ce coin oublié de ton royaume ! Ici, les hommes sont morts. Il ne reste plus que de la poussière et des remords. Nos maisons sont des tombeaux et nos rues des cimetières. Où es-tu ?

Ta mère me versa un autre verre de thé et me parla de toi. Ses propos à ton égard étaient pleins de fierté et de nostalgie.

– Il est parti, *Oulidi*, mon fils, que Dieu le bénisse et le préserve des enfants de l'adultère, qu'il éloigne de lui le mal et le mauvais œil. Il reviendra la tête haute. Ma bénédiction le suit partout où il va. Quand il reviendra, notre situation sera meilleure. Il était l'homme ici. C'est lui qui a pris la place de son père après notre catastrophe. Qu'Allah rende sa justice ! Celle des hommes est aveugle. Dis-moi, mon fils, c'est vrai que les filles là-bas sont des voleuses d'hommes ?

Pour la taquiner, je lui dis :

– Rahou reviendra avec une Française à la peau couleur de lait, des yeux comme l'eau de mer et des cheveux dorés, comme...

Elle m'interrompit :

– Aie honte, mon fils ! Rahou a été élevé dans le respect des adultes et des traditions. Que la bénédiction de Dieu soit sur lui ! Il fera ce que je lui dirai de faire. C'est un garçon obéissant. Il épousera sa cousine Radia. Elle est jeune, travailleuse, honnête et elle a peur de son ombre. Elle seule lui conviendra comme épouse et mère de ses enfants. D'ailleurs, j'en ai discuté avec son oncle. On ne doit pas donner notre bien à d'autres, n'est-ce pas ? Une étrangère ici, parmi nous, c'est impensable. Comment ferions-nous pour nous comprendre si elle ne parle pas notre langue et si elle ignore tout de nos mœurs ? Non ! Les filles de chez nous pour les hommes de chez nous !

Puis, après une pause, elle ajouta :

– Que Dieu éloigne de nous ce qui peut nous contrarier ! Qu'il me revienne en bonne santé ! Pour moi, c'est l'univers et tout ce qu'il contient. *Oulidi* Rahou ! Il a laissé sa place dans la maison et dans nos cœurs...

Elle voyait déjà la cérémonie du mariage. Une fête où les vivants inviteraient les morts. Plus tard, la maison serait remplie d'enfants. Ils couraient déjà dans la mémoire de Lalla Rabha. Seule richesse de ce bas monde quand l'individu n'a aucune assurance de son avenir.

Pendant que le chauffeur soliloquait en gesticulant de la main droite, le graisseur se fraya un passage jusqu'au berger et lui réclama le prix du transport : cinq dirhams pour lui, trois pour la bête. Le berger se mit aussitôt à hurler d'indignation :

– Mais c'est du vol, ma parole d'honneur ! Vous me prenez pour un zéro ou quoi ? Depuis Meknès on paie cinq dirhams. De l'endroit où je suis monté, il y a quinze kilomètres de moins. Je vous donne trois dirhams pour moi et un pour la brebis, pas un centime de plus. Si au moins j'avais un siège comme tout le monde !

Puis, se retournant vers les passagers qui étaient derrière lui, il leur demanda :

– Est-ce que j'ai tort « Asyadna » ? Soyez juges vous-mêmes !

Le car démarra dans un nuage de fumée et de poussière. Le berger s'installa à même la tôle entre les deux rangées des voyageurs. La brebis bêlait comme dix. Le chauffeur continuait son sermon :

– Quelle époque vivons-nous ! Il n'y a plus de respect pour les gens comme moi qui ai combattu le colonialisme et apporté la liberté à ce bled ! Les gens sont ingrats. J'ai frôlé la mort plus d'une fois ; pendant la guerre d'Indochine, la guerre mondiale, l'occupation... Je fais partie d'une génération que vous devez apprécier et estimer car elle a assuré la liberté et la sécurité de ce pays et du monde entier.

Le graisseur ébaucha un sourire méprisant et dit au berger :

– J'ai toujours refusé de prendre les paysans. Ils salissent le car et marchandent comme des mendiants. Quatre dirhams pour deux places ? Mais tu es cinglé !

– Je connais les tarifs, répondit l'homme avec brutalité. Et je n'aime pas être roulé. Quatre dirhams, c'est largement payé...

– Je vais rendre compte au patron. Moi, je ne fais qu'exécuter ses ordres.

Le chauffeur s'esclaffa et donna plusieurs coups de poing sur le volant.

– Est-il devenu dingue ou quoi ? Quelle époque, *Salama !* Je transporte des bêtes, pas des êtres humains ! Quel esprit ! Quatre dirhams, est-ce le prix du mazout, de l'assurance, des pièces ?... Des bêtes ! Vous êtes des bêtes !...

Personne ne contesta les invectives du chauffeur. Celui-ci continua :

« ... Les bêtes sont mieux que ceux que je transporte. Elles, au moins, ne disent pas n'importe quoi. Quatre dirhams ! Le car appartient peut-être à ton père pour que tu fixes les prix toi-même ? Ici, c'est moi qui commande, c'est moi qui décide de tout. »

Puis, à l'intention de son graisseur :

« Huit dirhams ! Sinon, fais-moi descendre ce sac à marchandage !... »

Le berger se leva, portant sa brebis à bras-le-corps. Les personnes assises cédèrent le passage en se comprimant les unes contre les autres. L'homme les enjamba tant bien que mal. Les corps, pleins de fatigue, retrouvèrent leur position initiale et le passage se referma. Furieux, le chauffeur donna un coup de frein sec et s'arrêta au beau milieu de la route.

– Toi, le paysan, ne m'énerve pas ! Ça fait cinq kilomètres que je te traîne. Il faut me payer ! Tu me dois deux dirhams si tu veux descendre ici. Par contre, si tu veux continuer, je suis prêt à faire un prix. Six dirhams pour vous deux. Va ! Je n'ai pas de temps à perdre avec toi. Paie et laisse-nous voir nos affaires !...

– Mais je n'ai pas les six dirhams ! protesta le berger. Je n'en ai que cinq, je vous le jure sur la tombe de Moulay Ali Chérif. C'est ma paie de la semaine et j'emmène cette bête au souk pour la vendre. Je n'ai pas d'argent ; je vous le jure !...

Certaines personnes intervinrent en faveur du berger et réussirent à convaincre le chauffeur :

– Bon ! Bon ! Je n'accepte que parce que ces honnêtes gens m'ont supplié. Je ne peux rien leur refuser. Donne ces cinq dirhams et boucle-la ! Qu'Allah nous emmène dans la lumière !...

Le berger paya, puis il alla se réinstaller parmi les corps et les bagages dispersés, sa brebis sur les genoux. Une fois assis, il réclama son titre de transport mais le graisseur s'y opposa :

– Il marchande, paie moins cher que les autres et veut un ticket. C'est vraiment la fin des temps ! Comprime-toi, paysan, et remercie Dieu qu'on ait eu pitié de toi !

De nouveau, le chauffeur donna un coup de frein violent. Les pneus usés laissèrent leur trace sur le goudron mal travaillé. Les passagers se cognèrent contre les sièges et les barres de fer rouillé. Sur le bas-côté de la route, cinq personnes en burnous agitaient les mains en des gestes désordonnés et couraient en direction du car mal stationné.

Ta mère me parla du viol commis par ce coopérant sur l'une de ses élèves. Elle n'avait pas trouvé de mots pour qualifier cet acte. Elle hocha plusieurs fois la tête avant de me dire :

– Que Dieu vous emmène dans la lumière ! Ici, tout se sait. Un rien d'encens embaume toute la ville. Il a refusé de se marier avec elle après avoir traîné son honneur dans la boue. Si elle avait été bien surveillée par ses parents, la chose ne serait pas arrivée. De notre temps, on ne savait pas comment la rue était faite. Personne ne nous voyait. Nous étions en sécurité. Aujourd'hui, les filles se mêlent aux hommes dans la rue, s'affichent dans les cérémonies, découvrent leur visage et leurs cuisses. Quelle époque ! L'école, le travail, voilà les vrais maux de la société. Au début de l'année, le lycée a organisé une excursion pour Marrakech. Deux jours là-bas. Filles et garçons ! Et l'on se plaint de la dégradation des mœurs ! N'y a-t-il plus d'hommes dans ce monde pour qu'on permette aux filles de voyager seules avec des garçons ? Les gens n'ont plus d'honneur ! Le pays est devenu fou...

Elle s'arrêta, soupira de désolation, passa sa main sur son visage marqué par le silence des jours et l'exil du destin moqueur. Puis, baissant les yeux, et comme parlant à elle-même, elle dit :

– Pourquoi viennent-ils chez nous ? N'y a-t-il de place que pour eux ? Nos enfants sont-ils incapables de faire ce qu'ils font ? Puisqu'ils sont là, ils doivent nous respecter, respecter nos filles et nos traditions. Nous ne sommes plus leurs esclaves. Ils doivent comprendre qu'il y a une limite à tout. Qu'Allah nous envoie sa Miséricorde !...

Le graisseur ouvrit la portière et les cinq ombres s'engouffrèrent dans l'épave mécanique, en bousculant les autres voyageurs. On marchanda pendant de longues minutes le prix du transport. Puis l'autocar démarra dans un bruit d'enfer. La fumée dense du mazout envahissait l'intérieur du car au point d'étouffer les passagers qui se mirent à toussoter.

– Ce n'est rien, rassura le chauffeur. C'est peut-être le delco qui s'est encrassé, ou le tuyau d'échappement qui s'est bouché de sable et de poussière. Ce n'est rien ! Ne vous énervez pas !

Il accéléra et fit ronfler le moteur du véhicule fatigué. La fumée noire s'échappait lentement par la portière arrière que le graisseur tenait ouverte.

– On est trop nombreux dans ce car, s'indigna un passager. On suffoque et on risque un accident avec cet engin qui n'est peut-être même pas assuré !

– Avec moi, vous n'avez pas besoin d'assurance et vous n'avez rien à craindre ! Je fais ce foutu boulot depuis vingt-trois ans. Je connais cette bourrique et ce chemin comme s'ils étaient mes enfants. Vous êtes entre de bonnes mains. Je suis le meilleur conducteur de toutes les lignes qui ait existé à ce jour...

Le passé de ta mère s'étalait devant moi. Sixième enfant d'une famille de onze personnes, elle fut donnée en mariage à l'âge de douze ans à un boutiquier qui avait déjà deux épouses. Ce n'était pas important. Les deux femmes ne procréaient pas. Une malédiction du ciel. Avec un peu de chance et quelques offrandes à un marabout spécialisé dans la fécondité féminine, Rabha pourrait engendrer et devenir ainsi la préférée. Mais elle non plus ne réussit pas à enfanter. Elle se retrouva reléguée par son époux qui lui avait consacré plusieurs de ses nuits pour rien. Elle était persuadée que c'était les deux autres qui étaient responsables de sa stérilité. Jalouses parce qu'elle les avait supplantées dans les faveurs du mari, elles avaient fait appel aux services d'un grand *fqih* qui avait réussi à la « cadenasser ». Son compte était réglé. Délaissée, sans défense, les deux autres épouses firent d'elle la bonne de la maison. Deux ans plus tard, le boutiquier mourut et Rabha retourna chez ses parents. Elle avait à peine quatorze ans, mais déjà toute une vie derrière elle. Elle avait appris la haine, la jalousie et les complots des harems. Elle avait été femme à douze ans.

Un an plus tard, elle fut donnée en mariage à Bouchaïb qui combla ses instincts maternels. Fille, épouse, puis mère, Lalla Rabha n'avait vécu qu'entre les murs. Quand Rabha fut mariée à Bouchaïb et que celui-ci décida d'immigrer à Azrou, la mère de Rabha réunit les femmes de son douar et leur donna l'occasion de pleurer.

– Je savais qu'il n'y avait rien de bon derrière ce mariage ! Je suis sûre qu'il le fait exprès pour se débarrasser de ma petite Rabha. Il va l'emporter au bout du monde. Je sais qu'aucun autre lieu n'existe en dehors de notre douar ! Avez-vous déjà vu quelqu'un partir ? Quelqu'un a-t-il déjà quitté le douar pour aller ailleurs ? Elle va mourir, ma fille, au fin fond de l'univers, dans un désert ! J'avais un pressentiment le jour où il s'est présenté pour la demander en mariage !

Bouchaïb avait pris son épouse et avait quitté le douar. Personne ne pouvait s'opposer à sa volonté. Il était l'homme. Homme dans cette partie du monde. Le maître. Et les larmes de la belle-mère ne servirent à rien.

Cinq kilomètres plus loin, le chauffeur freina devant un barrage de la gendarmerie. Deux gendarmes, en tenue presque réglementaire, dissimulés derrière un arbuste, apparurent au moment où le car arrivait à leur hauteur. La machine toussota plusieurs fois, puis le moteur rendit l'âme. Inquiets, les voyageurs attendaient l'apparition des gendarmes. Assis entre les deux rangées ou sur le capot du moteur, ils se ramassèrent sur eux-mêmes et se firent tout petits. Ils craignaient la colère des hommes de la loi.

– Mais vous êtes des bêtes ou quoi ? leur diraient les gendarmes indignés. Des êtres humains ne supporteraient pas qu'on les traite de cette façon ! Et ce chauffard qui se croit à l'âge préhistorique... Pour qui se prend-il ? Il ne sait pas que le pays a ses lois ? Allez ! Descendez ! Nous emmenons le véhicule à la fourrière et le chauffeur en prison !...

Mais aucun gendarme n'apparut. De temps en temps, les passagers entendaient des éclats de voix entrecoupés de rires nerveux. Tous les regards étaient rivés sur la portière arrière demeurée largement ouverte. Le berger dissimula sa brebis sous sa djellaba. Le chauffeur injuriait sa mécanique qui refusait de démarrer.

Ta mère avait encore les larmes aux yeux quand elle me remit la lettre que tu avais laissée pour moi. Cette lettre, que j'espérais amicale, retraçait ta dernière mésaventure avant ton départ. À travers tes mots, une ombre s'installait. Je te retrouvais au coin de chaque phrase et je t'accompagnais dans ce sombre voyage.

– Je voudrais une attestation de salaire détaillée, s'il vous plaît, madame ! demandas-tu sur un ton gêné.

La petite fonctionnaire leva les yeux sur toi et te considéra d'un regard plein de mépris. Elle ferma la revue qu'elle était en train de lire et croisa les bras sur son bureau poussiéreux. L'autre secrétaire tricotait en mâchant son chewing-gum d'une manière vulgaire. Ses lèvres rouge sang s'ouvraient et se refermaient comme le sexe d'une vieille mule en rut. Sur la couverture aux couleurs rutilantes et de mauvaise qualité de la revue, un couple était enlacé. Tu pouvais lire le titre de la revue entre les doigts de la secrétaire : *Nous deux*. Tu réussis même à déchiffrer la date. Le journal était vieux de deux ans. Mais cela ne te regardait pas ! Si ce n'était qu'un retard de deux ans ! Les esprits avaient un retard de plusieurs générations. Avais-tu le droit de juger les autres ? Tu étais là pour un papier administratif. Tu étais revenu de France pour effectuer le transfert de ton salaire. À l'Office des changes, on t'avait réclamé une attestation de salaire détaillée et un arrêté de stage. Tu étais décidé à repartir au plus vite, une fois ta demande déposée. Une affaire de deux jours maximum. C'était compter sans la mauvaise volonté de certains employés...

La secrétaire promena son regard méprisant sur toi, de bas en haut, puis de haut en bas. Tes chaussures mal cirées retinrent son attention. Elle te lança en pleine figure :

– Vous êtes tous les mêmes, des malappris ! Tu ne pouvais pas frapper avant d'entrer ? Tu te crois dans une écurie ou quoi ?

Tu lui répondis sur un ton poli :

– Excusez-moi, madame ! Mais j'ai bien frappé. Vous n'avez peut-être pas entendu...

– Dis franchement que je suis sourde ! Tu as entendu, Mina ? Il a fallu que je fasse ce métier de misère pour que les gens m'insultent et bafouent ma fierté...

Et elle fondit en larmes. L'autre interrompit le va-et-vient incessant de ses aiguilles à tricoter pour soulager sa collègue :

– Ne fais pas attention à ce que disent les bourriques, ma chérie ! Ils n'ont jamais apprécié ni notre patience, ni notre dévouement. Si au moins on était payées à la mesure de nos efforts et de nos sacrifices !...

Puis, se retournant vers toi :

« C'est bien ce que tu voulais ? Tu es content à présent pour le mal que tu as fait ? "Le matin est à Dieu !" Regarde dans quel état tu l'as mise, la pauvre ! Tu es un individu sans cœur, un primitif ! »

Tu restas perplexe. Tu bredouillas des excuses, haussas les épaules et reculas de quelques pas. La secrétaire finit par se calmer. Elle sécha ses larmes capricieuses avec la manche de sa djellaba. L'autre regagna sa chaise et s'oublia dans ses mailles et sa laine en pelote. Tu te sentis ridicule tout à coup, comme quelqu'un qui vient de marcher sur un étron. Tu les regardais l'une, puis l'autre. L'indifférence totale. L'une occupée à tricoter, l'autre à refaire son maquillage avant de retrouver les héros de sa revue vieille de deux ans, des personnages qui ressemblaient à sa vie, une vie vieille et laide. Mais tu avais besoin de ce squelette de femme pour un papier. Ses abus étaient des droits.

Tu décidas d'attendre l'arrivée du responsable pour lui exposer ton cas. Lui, il comprendrait. L'absentéisme et le retard sont le privilège des cadres moyens et des hauts fonctionnaires. Ces gens-là, par principe, on devrait les prendre pour des flemmards aimant l'argent ; le sérieux et l'intégrité étant des qualités désuètes. Il existait pourtant des gens intègres. Ceux-là étaient considérés (par leurs pairs) comme des trouillards ou des irresponsables.

Tu attendis. D'ailleurs, il était à peine dix heures et demie du matin. Si cet homme arrivait aux mêmes heures que ses secrétaires, quelle différence y aurait-il eu entre lui et ses subalternes ? Pénétrer avec la foule des petits anonymes ? Les responsables ne viennent qu'après. Et plus le retard est important, plus l'importance de l'homme est grande. Les gens sans importance sont à portée de la main.

Le chauffeur du car tirait inlassablement sur le démarreur en écrasant du pied droit le champignon de l'accélérateur. L'engin, vieilli et fatigué, refusait de repartir. Des voix et des éclats de rire parvenaient de l'extérieur :

– Le malheureux ! Ils vont l'emmerder comme il faut. Malheur à celui qui tombe entre leurs mains ! Ils sont impitoyables !...

– Il n'a que ce qu'il mérite ! Ce n'est plus un moyen de transport convenable pour des humains. C'est un poulailler...

– Dites *Salama !* Les temps sont durs *Yalatif* et les gens font ce qu'ils peuvent pour faire face aux vicissitudes de la vie...

Le chauffeur cracha plusieurs fois sur le pare-brise et injuria grossièrement sa vieille machine. L'image de l'une de ces vieilles locomotives, comme on en voit encore dans certains westerns américains, passa dans ma mémoire. Plus elle avance, plus elle s'essouffle. Sitôt arrivée à destination, elle doit rebrousser chemin, retraverser les mêmes paysages, s'arrêter aux mêmes endroits, la même vitesse, la même lassitude. Ainsi vont les États du Tiers Monde.

Si H'mad rayonna de joie en me voyant. Il sauta hors de son trou et me serra dans ses bras. Son odeur de bois et de pain me rappela toute mon enfance. Il envoya son apprenti chercher une bouteille de limonade, puis il me donna sa bénédiction avant de faire pour moi l'inventaire de sa vie de fournier. Je lui présentai mes condoléances pour la mort de son père.

– *M'châ chibani maskîne !* me dit-il. Le vieux malheureux est parti là où nous irons tous. Que Dieu l'ait en sa miséricorde ! Deux jours avant sa mort, il m'a dit : « Je m'en vais, mon fils ! Je veux que tu me pardonnes car je t'ai délaissé après la mort de ta défunte mère. J'ai cherché mon bonheur avant ta sécurité. Mon deuxième mariage a été une erreur. Ta marâtre ne t'aimait pas. Tu as dû travailler très jeune pour gagner ta vie et quitter ce foyer où tu n'avais pas ta place. Je t'ai mal préparé à la vie et à ses misères. Tu as perdu ta jeunesse dans un trou, entre le feu et l'obscurité. Mais je suis fier de toi car tu es devenu un homme. Tu as toujours compté sur toi-même. Tu n'as jamais tendu la main à quiconque. Tu sais que je n'ai eu d'enfant que toi. C'est pourquoi tu hérites aujourd'hui de toute ma fortune. Je meurs sans regret car je laisse un homme derrière moi. Un homme capable de pardonner et qui a toujours bénéficié de la bénédiction de ses parents !... »

Si H'mad me parla longuement de son père, me dit que tout l'or du monde ne pouvait combler le vide qu'il ressentait. L'affection paternelle. Sur ce point je n'étais pas convaincu. J'étais persuadé que le père était une affligeante réalité avec laquelle il fallait vivre. Une odieuse formalité de la vie. Je ne voulais plus penser au « Vieux ». Celui-là, je l'avais complètement enterré dans une fissure de ma mémoire. Et bien que son cadavre dépassât de tous les côtés, j'essayais de l'ignorer. Depuis lors, le temps s'est chargé de tuer la laideur de ces souvenirs qui affichaient des sourires engageants mais hypocrites. Pourtant, cela me grattait, me brûlait. J'avais une envie de chien : gratter et mordre. Gratter et mordre ma propre viande jusqu'à me faire saigner. Cette brute habitait encore ma mémoire. Et là, dans cette ville ancienne, au milieu de la haine et de la poussière, je venais le rencontrer sans le vouloir. Sans le vouloir ? Ne l'avais-je pas cherché des yeux dans le car, dans les rues ? Je respirais par la bouche pour échapper à la nausée dans ce coin du monde où il n'y aurait plus de paix pour moi. Où il ne restait plus que des chiens et quelques cadavres. Un pays qui somnolait sous le regard creux de ses habitants comme un vieillard qui attendrait sa fin. On sentait la fatigue des rues, on touchait les rides des murs, le temps et le sommeil creusant le corps de la ville lasse, de la veuve inconsolée. Tout respirait déjà la mort et personne ne pouvait rien contre la marche du temps. Là, s'instaurait le trafic de l'absence des années impitoyables. Bientôt l'errance. Un temps pas comme les autres. Un temps de douleur où sommeillait la rage.

Si H'mad fuma son kif avant de me demander des nouvelles de ma famille. Notre sort le réjouissait. Il me dit que Dieu n'oubliait jamais ses fidèles. Sa grâce nous accompagnait.

L'apprenti rangeait les planches à pain sur les étagères. Seule modification réalisée dans ce four. Sous les branchages, se tenait le chat noir qui n'était plus petit à présent. Je l'appelai. Il refusa de venir à moi malgré l'insistance de Si H'mad. Son ronronnement finit par m'exaspérer. Je lui trouvais une ressemblance avec le singe de mon père. Mais ce chat-là, je n'avais aucune raison de souhaiter sa mort. Je demandai à Si H'mad :

– Es-tu toujours inscrit au Parti ?

Il ne répondit pas. Il se contenta de pousser un soupir et de se remplir une autre pipe de kif. Il me proposa un verre de thé. Je voulais surtout qu'il me parle, qu'il m'explique. M'expliquer quoi ? Il était dans la Résistance sous le protectorat. Il avait participé à l'indépendance du pays. Pourquoi alors occupait-il toujours ce trou sombre ?

– Moi, mon fils, me dit-il, je me suis battu pour un idéal. L'indépendance. Pas pour un emploi ou quelques privilèges. Pour moi, pour ma fierté, et pour que ma terre retrouve sa liberté, son nom et sa réalité. Je voulais être chez moi. Pour retrouver Dieu en paix et honorer mes traditions. Dans ce genre de combat, chacun lutte en fonction de ses idées et de ses principes.

– Mais à part ça, il y a ce que ton père t'a laissé...

– Je sais ! On me l'a déjà dit. Mais ma vie est ici, dans ce trou justement. Chacun a sa place dans la société. Si je partais, ma vie n'aurait plus aucun sens. Je n'ai pas vécu jusqu'à aujourd'hui avec l'argent de mon père. Mon travail, c'est avant tout la joie de retrouver les autres, l'espoir d'être toujours utile à quelque chose. Tu sais, c'est un peu grâce à moi que les gens du quartier mangent du bon pain tous les jours, et ça depuis des années. Quoi que l'on dise, le boulanger, c'est quelqu'un d'important dans la vie des gens...

– Mais la nation te doit bien quelque chose !

– Non ! Elle ne me doit rien. J'ai fait mon devoir envers elle, comme je l'aurais fait envers ma mère. Je l'ai défendue contre la main du Diable. Personne ne m'a obligé à agir. Non, mon fils ! Personne ne me doit rien et je ne dois rien à personne. Si c'était à refaire, je le referais...

La brebis bêla sous la djellaba et son propriétaire rougit d'embarras tandis que les autres éclataient d'un rire gras. Dehors, on n'entendait plus que le ronflement saccadé de la jeep des gendarmes, le vrombissement des voitures qui passaient et les aboiements de quelque chien perdu. À force d'injures, de crachats et de coups de démarreur répétés, le chauffeur réussit à mettre le moteur en marche. Une expression de soulagement se dessina sur le visage noiraud du conducteur.

– Que Dieu te donne la santé ! s'exclama un voyageur. Les bons conducteurs crèvent avant leur machine !...

– Tant que je vis, répondit le chauffeur avec fierté, cette vieille mule m'obéira au doigt et à l'œil. Quand je ne serai plus là, elle pourra passer ses caprices sur quelqu'un d'autre. Je n'ai pas mon permis de conduire depuis le temps de « la guenon et de Sidna Nouh » pour rien !...

Une appréciation bien raisonnée. Le permis était ancien, le chauffeur presque cacochyme et le car une antiquité. Tout devait donc marcher à merveille. Dans cette partie du monde, les gens avaient tout leur temps : « Ceux qui sont pressés sont morts. »

La petite secrétaire, absorbée par la lecture de sa revue, les yeux humides, finit par fondre en larmes une seconde fois. Deux coulées de khôl vinrent donner à son visage poisseux une expression caricaturale. Tu te retins de rire. La femme tira un mouchoir à carreaux de son sac et se barbouilla le visage. Tu détournas les yeux. Sur le ton de la plus vive émotion, elle dit à sa collègue :

– Tu sais *Asahabti !* Tu sais, mon amie, l'histoire de Robert et de Véronique est tellement émouvante qu'on ne peut pas s'empêcher de pleurer. C'est tellement beau ! Quand j'aurai fini de lire la revue, dans huit ou dix jours, je te la passerai. Tu dois absolument la lire ! Tu ne peux pas savoir combien Robert a souffert pour avoir celle qu'il aime. Quant à Véronique, elle a quitté son mari, sa richesse et même ses enfants pour le retrouver. Ne trouves-tu pas que c'est passionnant, humain et...

– J'ai lu cette histoire l'an dernier, lui répondit l'autre sans détacher les yeux de ses aiguilles à tricoter. Il n'y a que les Italiens finalement qui sachent aimer...

– La revue est française, corrigea la secrétaire squelettique...

– Française ou italienne, c'est pareil. C'est toujours l'étranger !...

– Tu as raison *Asahabti.* Quand je lis ça, je ne peux plus supporter mon mari. Nos relations sexuelles sont un calvaire pour moi *Asahabti !...*

– Je ne te cache rien, dit l'autre. Pour moi, c'est pareil. Quand ils veulent baiser, c'est sans douceur, sans caresses, sans musique, sans lumière tamisée. Quelle vie !

La première secrétaire tourna quelques pages de sa revue.

– Écoute ce que dit Robert à Véronique à la fin : « "Je t'aime, mon amour ! Tu es ma vie et ma raison d'être. Je suis prêt à tout sacrifier pour toi. Prêt à donner ma vie pour toi si cela peut assurer ton bonheur !" Ils s'enlacent d'abord, puis Robert écrase ses lèvres contre celles de Véronique dans un baiser langoureux et dans la limpidité de la nuit. » C'est pas romantique ça, dis !

– Les femmes ont de la chance là-bas, soupira la secrétaire-tricoteuse, car les hommes ont appris l'amour, les bonnes manières, la douceur...

– Une nuit, expliqua l'autre, j'ai pris mon courage à deux mains et, au moment propice, j'ai dit à mon mari : « Fais-moi l'amour à l'européenne ! » Il n'a rien compris. Il a tiré son coup avec sa rapidité habituelle, s'est retourné du côté du mur et s'est endormi. Un rustre !

– Quelle misère ! Notre péché, c'est que nous sommes nées femmes dans un pays où l'homme est le maître.

À ce moment, la porte du bureau s'ouvrit et le responsable fit son apparition. Il était onze heures dix du matin.

– Bonjour les filles ! lança-t-il. Quelle journée merveilleuse ! Je reviens de la plage. Vous ne me croirez pas, mais on s'y baigne.

– C'est pas vrai ! s'exclamèrent les deux oies en même temps.

– Si, je vous assure ! Dites-moi, il n'y a ni thé ni croissants ce matin ?

– Bien sûr que si, répondirent les deux femmes à la fois. Le meilleur des patrons trouvera tout cela sur son bureau !...

– Vous êtes de braves filles, leur dit-il, satisfait. Les meilleures secrétaires de toute l'administration. Je veillerai à votre promotion cette année.

Puis, te montrant du doigt :

– Que fait ce type ici ?

– Il réclame une attestation de salaire détaillée, répondit la secrétaire-tricoteuse avec dédain.

– Vous la lui avez faite ?

– Non, répondit la même voix. C'est un personnage grossier qui s'est permis d'insulter Aziza !

– Il a osé ! hurla le responsable. Je vais lui apprendre, moi, à injurier les agents du gouvernement dans l'exercice de leur fonction ! Je vais lui montrer de quel bois on se chauffe ici ! Je lui ferai voir sa nuque à la place de son visage !...

Et il se saisit du téléphone. Tu essayas de donner ta version des faits, mais le responsable ne te laissa pas la possibilité de t'expliquer. Que valait ta parole face à celles de ses femmes de main ? Il fit appel à son *chaouch* qui te mit dehors.

Le graisseur tardait à réapparaître. Pour le chauffeur, l'heure était à l'angoisse. Les gendarmes dressaient sans doute leur procès-verbal. Après quoi, ils retireraient au chauffeur son permis de conduire, l'emmèneraient en prison et conduiraient le véhicule à la fourrière. L'affaire était sérieuse, d'une grande gravité. On ne badine pas avec l'autorité. Les opinions des voyageurs étaient partagées. Les uns estimaient que le chauffeur était dans son tort et que Dieu punissait les injustes et les insatiables. Pour les autres, le conducteur était un pauvre *maskine* qui s'arrangeait avec la vie. Les lois ne sont respectées par les hommes que lorsque les hommes eux-mêmes sont respectes par les lois. Lorsque les gens connaissent leurs droits et leurs devoirs. Lorsque la vie ne les emmerde pas. Et plus elle les emmerde, plus ils trouvent le moyen de la posséder ; en douce ou en fanfare. Le drame dans l'histoire, c'est que les hommes et les lois ne sont pas faits les uns pour les autres. Parfois, les hommes sont en retard. Quelquefois, ce sont les lois qui sont demeurées archaïques pour des populations neuves.

Le chauffeur donna quelques coups d'accélérateur et ajusta sa casquette sur sa tête blanche. On entendit un grand éclat de rire et la silhouette du graisseur se dessina dans l'encadrement de la portière restée ouverte. Un large sourire illuminait sa face de guignol mal articulé. De la paume de sa main droite noire de cambouis, il frappa la tôle du cadavre mécanique en disant :

– Roule !

Quand Moulay Tayab me vit dans la rue, il me fit signe de m'approcher. Il était assis là où je l'avais laissé, il y a plus de dix ans, et dans la même position. Seules ses rides étaient plus marquées. Il prit ma main dans la sienne et me dit :

– Pourquoi es-tu revenu ? Ici, la mort est partout. Tu ne sens pas son odeur ? Tu dois supprimer cette ville de ta vie. Les gens y sont devenus fous. Les murs aussi et les rues. Va vers l'espoir, mon fils ! La ville se referme comme une tombe sur ceux qui restent. Et toi, tu es de ceux qui sont partis. Tu as vu ce qu'ils ont fait de Titahcen ? Ils ne respectent plus l'œuvre de Dieu. Malheur à ceux qui ont osé toucher à la demeure de la Reine ! Elle se vengera. Lalla Aïcha n'est pas une femme à se laisser faire ! Tu dois nous oublier tous, car nous sommes un mauvais souvenir pour toi. Ne retourne jamais sur les lieux où tu as été poignardé !...

Je le rassurai. Je n'avais pas l'intention de rester. Ma place n'était plus là. Elle était un peu partout et nulle part. Je m'étonnai d'entendre le Fakir me parler de la sorte. Jamais auparavant il ne m'avait parlé comme à un adulte. Jamais il ne nous avait parlé individuellement. Il s'adressait toujours au groupe pour une nouvelle histoire et des pipes de kif. Il me pressa de m'approcher un peu plus de lui et me murmura :

« Ici comme ailleurs, l'argent et le pouvoir aveuglent les gens. Tu sais pourquoi ils ont fait cette horreur à Titahcen ? Pour justifier les sommes détournées des caisses de l'État. Et dire que ce sont les enfants de la ville qui dirigent le conseil municipal. Jamais les routes n'ont été moins entretenues, les rues plus sales, la ville moins accueillante... À qui faire confiance ? Les enfants de chez nous ! Nos propres enfants ! Il n'y a plus d'espoir. Il n'y a plus rien... »

La voix du Fakir avait pour moi une résonance nouvelle. Je ne reconnaissais plus cette voix, pourtant familière. L'émotion. La déception aussi. Quand il lâcha ma main, je vis deux larmes couler sur ses joues meurtries.

Puis il m'invita à m'asseoir. Son regard était encore humide. Il tira de sa poche un morceau de papier, un crayon et me demanda :

– Dis-moi ! Comment dit-on en français : *Kanabghik. Ouach at'jaouji biya ?*

Je traduisis :

– Je t'aime. Veux-tu m'épouser ?

Il transcrivit ma phrase en arabe et la répéta plusieurs fois à voix haute. Je lui demandai :

– Mais à qui veux-tu dire tout ça ?

– À Mme Sofokliss ! s'exclama-t-il. Tu la connais ! Elle m'a ensorcelé, cette fille de l'adultère !...

– Et elle, elle t'aime ?

Il ébaucha un sourire :

– Bien sûr ! Sinon, je ne serais pas amoureux fou d'elle. Mais elle fait la fière. Toutes les femmes sont comme ça. Ce n'est pas facile de les faire tomber dans le filet. Même quand elles sont consentantes, il faut leur courir après jusqu'à ce que tu esquintes la semelle de tes chaussures...

J'allais apprendre que Moulay Tayab passait ses journées devant le magasin de Mme Sofokliss. Il lui répétait, de bonne foi, les phrases grossières que les enfants lui apprenaient en français. Au début, Mme Sofokliss entrait dans des colères noires et faisait parfois appel à la police pour qu'elle la débarrasse de cet homme. Quelqu'un lui avait expliqué. Elle avait compris et commençait à éprouver de la pitié pour lui, et même un peu de curiosité. Pour Moulay Tayab, la chose était plus sérieuse. Dans son esprit, la date du mariage était fixée ainsi que le nombre d'enfants qu'il aurait d'elle. Depuis le début de cette histoire, Moulay Tayab ne chantait plus ses poèmes dans la rue. Il y avait une urgence : apprendre la langue de cette femme pour gagner son cœur.

Après l'arrestation de ton père, tu avais quitté le lycée pour chercher du travail. Il fallait bien que quelqu'un s'occupe de faire vivre ta famille. Tu étais l'aîné, et occupais d'emblée la place du père. Ce n'était pas toujours facile. Tu avais commencé ta carrière d'instituteur suppléant dans un lointain douar. Pour t'y rendre, il te fallait deux jours, parfois plus. Tu prenais le car pour Ouarzazate. Arrivé là, tu t'embarquais dans un camion qui roulait une cinquantaine de kilomètres avant d'arriver au fleuve que tu traversais à pied. Quand l'oued n'était pas en crue, c'était facile. Une fois sur l'autre rive, tu gagnais l'école à dos d'âne ou de mulet.

L'école ne comprenait qu'une classe. Tu enseignais aussi bien l'arabe que le français à tous les niveaux du primaire. Chaque rangée représentait un niveau. Tout en dispensant ton cours, tu surveillais la cuisson des repas que tu mijotais dans un coin. Le camping-gaz et la marmite n'avaient pas de secrets pour tes élèves, et avaient même fini par faire partie du matériel pédagogique de la classe. De temps en temps, un enfant attentionné te prévenait quand la marmite commençait à sentir le roussi.

Instituteur oublié, tu eus vite assez de cette situation. Tu décidas d'en sortir par n'importe quel moyen. Mais les grandes portes étaient destinées à d'autres. À ceux qui avaient le bras long ou les poches pleines.

Tu avais pris la résolution d'emprunter le chemin ardu des études. Tu préparas seul ton baccalauréat à la lueur des bougies, et réussis au concours d'entrée au CPR. Au bout de deux ans de pénibles études, tu étais nommé professeur stagiaire de premier cycle de l'enseignement secondaire. Un an après, titulaire, tu pensais avancer dans ta carrière. Comme les années passaient sans rien t'apporter de neuf, tu voulus t'inscrire à la faculté. Vingt jours plus tard, tu déposas ton dossier d'inscription auprès du secrétariat de la faculté des Lettres. La secrétaire chargée des inscriptions examina toutes les pièces. Elle s'attarda un moment sur l'attestation du baccalauréat, remit les papiers dans la chemise qu'elle te rendit :

– Je ne peux pas accepter ton dossier !

– Pourquoi ? demandas-tu.

– Ton baccalauréat est ancien. Il date d'il y a quatre ans.

Si H'mad m'invita à prendre place à côté de lui sur un petit tabouret. Il me tendit un premier verre de thé. Son apprenti continuait à ranger les planches à pain. Le chat noir ronronnait son refrain inlassable. Assis de nouveau entre les murs du fournil, je me sentis comme pris à mon propre piège. Je me rappelai les paroles du Fakir : « Ne retourne jamais sur les lieux où tu as été poignardé ! » Une odeur de kif, mêlée à celle de l'ail, flottait dans l'atmosphère. Je n'avais aucune envie de revenir dans ce quartier de tolérance où les putains, m'avait-on dit, étaient plus jeunes, plus belles et plus exigeantes qu'autrefois. Plus expéditives aussi. Je savais qu'il n'y avait plus de place pour « Lui » dans ce nouvel univers.

En arrivant à Azrou, j'avais été frappé par l'immobilité des gens et des choses. Après plus de dix ans d'absence, les rues avaient les mêmes odeurs et les mêmes cris. Les gens faisaient les mêmes gestes et occupaient l'espace qu'ils avaient toujours occupé. Comme si je les avais quittés quelques heures plus tôt. Le temps ici n'avait ni forme, ni réalité.

Aziz le handicapé était sur son fauteuil roulant mangé par la rouille. Il pleura quand il me vit et s'agrippa à ma veste pour m'embrasser sur les joues. Il me raconta qu'il venait de retrouver la liberté après trois mois d'emprisonnement. Rien de bien important, me dit-il. Une question de femmes et d'alcool. Une dispute qui avait mal tourné. L'essentiel pour lui, c'est qu'il avait retrouvé la liberté. Celle du fauteuil roulant et du petit coin qui lui appartenait. On disait désormais : « L'espace Aziz ».

Si H'mad était toujours là. À part les étagères, l'apprenti et le chat qui refusait de venir à moi, rien n'avait changé. Après ses déclarations d'amour quotidiennes, Moulay Tayab regagnait son coin et attendait. Les petits fonctionnaires se retrouvaient, comme d'habitude, au seul kiosque de la ville où quelques revues pornographiques, importées par certains coopérants ou « facanciers », faisaient la joie des mâles privilégiés de cette terre oubliée par Dieu et par les sauterelles. Les passants traînaient leur fatigue sur les trottoirs. Des groupes indolents s'amassaient au milieu du chemin pour bavarder, bloquant ainsi la circulation ou la rendant difficile. Les porteurs criards n'arrivaient plus à disperser la foule lente et confuse qui évoluait sur cette scène macabre comme des pantins de son dont les fils auraient été tirés par une main invisible. Le rêve paraissait lointain. Inaccessible. Alors les gens pétrifiés ne sentaient aucun besoin de changer quoi que ce soit. À quoi cela aurait-il servi ? Les rues étaient toujours étroites, la vie suspendue aux aiguilles de la grande pendule silencieuse.

Le responsable hurlait dans son bureau. Confronté à cette épreuve ridicule, tu ne pus t'empêcher de maudire la religion de ces trois personnes. Le *chaouch* s'approcha de toi, te posa la main sur l'épaule et te dit de la voix la plus hypocrite :

– Tu n'as encore rien compris, mon fils ! Tu sais, les temps sont durs et les gens s'arrangent comme ils peuvent pour faire face à la vie. Tout est cher *Salama*. Que Dieu nous préserve et préserve tout le monde du besoin ! La misère est une forme d'athéisme. Tu vois mon fils, nous vivons le siècle du sou. Que la malédiction d'Allah s'abatte sur les injustes et les insatiables ! Gratte ta poche, mon fils, si tu veux ton papier. Je dis ça pour ton bien. Si tu ne veux pas, tu n'auras « ni Didi, ni les cerises », c'est moi qui te le dis. « Ils » sont comme ça, que veux-tu ? Jette-leur quelques sous et fais ton papier !...

– Mais, dis-tu, indigné, « ils » sont là pour ça ! C'est leur travail ! Qu'est-ce que c'est que ces façons de voler les gens ? Chaque fonctionnaire est tenu d'accomplir son devoir. Je suis citoyen de ce pays et j'ai droit à tous les égards. J'irai m'adresser en haut lieu. Vous verrez !...

– Bon ! Bon ! coupa le *chaouch*, j'ai rien dit. Adresse-toi en haut lieu si tu y arrives ! Tu crois, grosse gueule, que ces personnes sont visibles pour les minus de ton espèce ? D'ailleurs, je dirai, comme les filles, que tu nous as insultés ainsi que ceux qui nous font travailler et tu te retrouveras à l'ombre pour quelque temps. À présent, circule ! Ne reste pas là ! Laisse les gens à leurs affaires ! « Le matin est à Dieu ! »...

Moulay Tayab me montra tous les papiers sur lesquels il avait transcrit en arabe les mots et les phrases que les gamins lui traduisaient. Il me récita ce qu'il avait appris par cœur, en me donnant la traduction. Sa prononciation et la grossièreté de certaines paroles me faisaient rire. Il prit alors un air étrangement grave et me dit :

– On ne rit pas de quelqu'un qui apprend. C'est honteux !

– Je le rassurai :

– Je ne me moque pas de toi, Moulay Tayab. Je ris parce qu'il y a des mots grossiers dans ce que tu as appris.

– Ça n'a pas d'importance ! Il faut bien que je les apprenne un jour !

Cela ne me regardait pas. Je regrettai de l'avoir contrarié. Je voulais seulement savoir pourquoi il ne récitait plus ses poèmes dans la rue. Un monde avait disparu.

– Je ne dis plus de poèmes parce qu'il n'y a plus d'hommes de goût. Hier, les gens m'écoutaient même s'ils n'en avaient pas l'air. Ils étaient intrigués, ils essayaient de comprendre. Ma parole avait un sens. Aujourd'hui, je suis un fou anonyme, perdu dans la foule. Et les gens ressemblent plus à des fantômes de poussière qu'à des êtres humains. Mes mots ne touchent plus personne. D'ailleurs, que valent les mots quand on a besoin d'autre chose ?... À la place de mes mots, mon fils, il n'y a plus que le vide. Les adultes ont remplacé les mots par le discours blafard de « la saleté de ce bas monde». Les temps ont changé. Je croyais que ma parole pouvait aider encore les jeunes à vivre et à espérer. Rien à faire de ce côté-là non plus. L'alcool, les cafards, le cirage et le kif ont confisqué le regard des enfants. Le rêve éclaté habite dans un corps profond où le soleil s'est refroidi. Les hommes ne parlent plus aux hommes. Ils parlent à leur compte en banque, à leurs projets d'immeubles et de villas, à leurs automobiles...

La voix du Fakir m'intriguait. Où s'arrêtait la raison, où commençait la folie ? Sa parole était sereine, exempte de toute folie. Il se tut brusquement, l'œil pensif. Une véritable gêne s'installa entre nous. Je m'en voulais d'avoir piqué son amour-propre. Décidément, la sensibilité, comme la misère, est l'apanage des petites gens.

Après le rejet de ton dossier, tu rangeas ton espoir dans un tiroir et attendis. Trois ans plus tard, tu fus admis à passer le cycle spécial et tu te retrouvas, un an après, professeur du second cycle de l'enseignement secondaire. Déjà, tu faisais partie des cadres moyens qui ne bénéficiaient d'aucun privilège. Au moins, tu commençais à te sentir mieux dans ta peau. Tu habitais désormais la ville et côtoyais les « intellectuels » : professeurs, surveillants, directeurs... se réunissant pour un seul et unique plaisir : boire. Leurs conversations étaient des litanies de vieilles femmes. Quand ils s'enivraient, la vertu se disloquait autour d'eux et leurs corps remplis de vin et de bière devenaient des pantins grotesques. Corps mous, abandonnés à la fumée des cigarettes et du délire. Chair liquéfiée qui partait loin à la recherche de quelque vision ou de quelque oubli.

Un piège était en train de se refermer sur toi. Le piège de la bêtise et du vide. Tu espérais trouver quelque chose d'intéressant dans ces rencontres. Un apport culturel, un enrichissement intellectuel. Mais tu n'y trouvais que la déception. Une désillusion enrobée dans la fumée des cigarettes et l'odeur forte du gros rouge.

Tu refusas ces hommes dont l'esprit ne s'élevait pas au-dessus des préoccupations du sexe. Cela dépendait de la dose d'alcool. Faible ou moyenne, c'était le délire de la grande virilité. Forte, c'était la tentation homosexuelle. Tu te sentais en dehors du monde, loin de la vie et de ton propre corps. Tu réussis à t'arracher au dégoût de ces nuits creuses, trouées çà et là d'explosions de rire ou de pleurs convulsifs. Tu quittas ce monde et continuas seul ton chemin. Ton ambition t'entraînerait vers d'autres horizons.

Ton frère cadet arriva vers minuit. Il était ivre. Ta mère se précipita pour lui réchauffer son dîner. Il ne parla à personne. Il se laissa choir sur une peau de mouton et regarda le mur en face de lui. Ta mère était confuse. Dans son embarras, elle renversa quelque objet sur son passage et vint me présenter des excuses inutiles :

– Ce n'est pas un accueil digne de toi ! Il me fait honte devant les amis et les ennemis. Il n'était pas comme ça auparavant. Il était la perle de la maison. Regarde ce qu'il en reste ! Il est comme ça depuis qu'on l'a renvoyé de l'école. Mon fils, le pauvre, ils ont brisé sa vie et démoli son avenir ! Que Dieu rende sa justice !

Elle se leva dans la honte et je lus, sur son visage abîmé, toutes les déceptions qu'une mère fût capable de supporter. Elle essuya deux larmes furtives, puis alla s'occuper de son fils, lui enleva ses espadrilles et le coucha. Je regardai ce cadavre étendu et essayai de mesurer le gouffre qui le séparait des siens, de la vie, de son propre corps. La voix de Lalla Rabha me parvenait de l'autre pièce :

« Que Dieu rende sa justice ! Que serions-nous devenus sans Rahou ? Va *Aoulidi !* Je veux que Dieu te bénisse jour et nuit ! Qu'il blanchisse ton destin ! Qu'il guide tes pas et te comble de sa grâce ! »

Tu quittas le ministère à midi moins le quart. Tous les fonctionnaires étaient déjà partis. Tu passas l'après-midi à cuver ta colère. Le lendemain était jour férié. Le surlendemain matin, tu retournas à « l'abattoir » à l'heure de l'ouverture des bureaux. En serrant la main du *chaouch*, tu y glissas un billet de dix dirhams. Tu n'avais pas le choix. Mais ce geste, tu l'avais trouvé en toi. Tu l'avais accompli avec discrétion et sans gêne. Tu venais de rejoindre la cohorte des irresponsables. Le choix ! A-t-on jamais le choix ? Ne pensant qu'à toi-même, en dépit de tout, même de tes convictions, tu venais d'accomplir un geste grave. Avais-tu songé un seul instant à tous ceux qui n'avaient rien à offrir ? Ton geste venait de consolider cette gigantesque charpente de corruption que les hommes avaient bâtie pour leur propre perte.

– C'est ton café, dis-tu au bonhomme. Arrange-moi les choses à présent avec les secrétaires !

– Tu vois, mon fils, répondit la voix hypocrite, tu as perdu deux jours pour rien. Enfin ! Ce qui est écrit sur le front, l'œil doit absolument le voir. Dieu le veut. On n'échappe pas au *Mektoub*. Tu as prévu un peu de bakchich pour elles, j'espère ?

– Oui.

– Bien, mon fils ! Attends-moi là une seconde ! Je vais voir ce que je peux faire...

Il pénétra dans le bureau mais en ressortit presque aussitôt.

– Elles ne sont pas encore arrivées, mon fils ! Quelle heure est-il, au fait ?

– Neuf heures moins cinq.

– C'est ce que je me disais. Il est encore tôt. Va faire un tour et reviens un peu plus tard ! Les transports, tu sais ce que c'est. Puis, les affaires marchent mal ces derniers temps...

Si H'mad me rappela les jours lointains où je venais l'aider. Il parlait en faisant des gestes larges. Sa voix familière emplissait le fournil :

– Je te considérais comme mon fils ! Dieu est témoin de ce que je dis. Je n'ai jamais pu avoir de gosses, probablement une punition du ciel. Pas une seule de mes épouses n'a pu me donner ce bonheur. Finalement, je me suis résigné à vivre mutilé. Mais je pensais toujours à toi...

J'aurais voulu lui répondre que, moi, je n'avais jamais connu le bonheur du père.

« S'il était mon père, pensais-je, ne serait-il pas comporté comme l'autre ? Ne m'aurait-il pas battu et humilié pour assurer mon éducation, pour me dresser ? La vie m'aurait peut-être épargné l'odeur de l'ail. l'image du singe, le sang des poux, l'urine des pots de chambre... S'il avait été mon père, il ne serait peut-être pas allé jusqu'à nous abandonner. Mais il aurait fait son devoir d'époux et de père de famille. »

Comme tu n'avais pas pris ton petit déjeuner, tu allas au café le plus proche et commandas un café crème et des croissants. Tu achetas un journal au hasard. Sur les douze pages, quatre étaient réservées au sport avec des photos qui en occupaient la moitié. Quatre autres pour la publicité, deux pour les avis de concours et les annonces classées. Les deux qui restaient relataient dans un français médiocre les événements politiques nationaux et internationaux de la veille.

Vers neuf heures et demie, tu regagnas l'Endroit de l'Attente et des Portes fermées. Quand le *chaouch* te vit arriver, il se précipita à ta rencontre, le sourire aux lèvres :

– Vite, mon fils ! Voilà un moment que ces dames attendent ton retour. Ton affaire est arrangée à présent. Que Dieu ne nous déshonore jamais ! Montre-toi généreux avec elles. Elles aiment les graines !

Tu fus stupéfait par l'accueil aussi chaleureux qu'enthousiaste dont tu étais l'objet.

– Soyez le bienvenu, Sidi Rahou ! te lança la secrétaire squelettique en te présentant une chaise. Nous vous attendions avec impatience.

– Vous savez, dit la seconde, il ne faut pas nous en vouloir pour le malentendu d'avant-hier ! Nous étions un peu sur les nerfs. Ma collègue Aziza a perdu son père la semaine dernière. Alors, vous comprenez !...

– N'embêtons pas le professeur Rahou avec nos petits malheurs ! Il est sûrement pressé. Il doit avoir des affaires urgentes à régler. Qu'y a-t-il pour votre service, monsieur Rahou ?

Ton second geste me révolta. Le geste de la lâcheté. Je fermai les yeux sur ta lettre, pour ne pas voir ta faiblesse. Quand nous étions plus jeunes, tu me répétais : « On ne guérit pas le mal par un mal identique ou plus grand. Nous devons nous battre pour mériter notre place, user de moyens honnêtes car nous avons notre fierté et notre dignité à sauvegarder. Si nous les jeunes ne faisons rien de bon pour ce pays, les gens finiront par se bouffer entre eux. Nous devons être fermes et résolus. Nous devons regarder devant. Derrière, il n'y a que le néant. Devant, il y a l'espoir d'un soleil nouveau... »

Et voici que tu accomplissais ta première tentative de corruption pour mériter ce qui te revenait de droit, pour gagner ta place au soleil. Malheureux !

Ce matin-là, Aziza ne lisait pas, Amina ne tricotait pas. L'une faisait des points de croix sur un drap, l'autre raccommodait un vieux pantalon d'homme.

Moulay Tayab resta longtemps silencieux. Je le regardais avec attention. Il portait la même djellaba que j'avais laissée sur son dos. Il jeta un coup d'œil dans la direction de la mosquée et me souffla :

– Ils sont tous là !

– Qui ? demandai-je surpris.

– Les rapaces !

Je ne comprenais pas. Il continua :

« Les rapaces. Ceux qui veulent tout avoir. Ici et ailleurs, voleurs, menteurs, hypocrites ! Mais toujours présents dans la demeure d'Allah ! Ils veulent sauver les apparences. Car ils savent que ce sont les apparences qui les sauvent. "Ils vendent le singe et raillent celui qui l'a acheté." Comment veux-tu qu'il pleuve et que la terre donne encore du blé !... »

À ce moment, la voix chantante du muezzin s'éleva, invitant les croyants à la prière.

– Allah Ou Akbar ! Allah Ou Akbar ! Laa Ilâha Illa Allah ! Dieu est grand ! Il n'y a de Dieu qu'Allah !...

La clameur des Tartuffe, mêlée à celle de la plèbe, louant Dieu l'Unique, nous parvint de la mosquée. Moulay Tayab esquissa un sourire.

Dans ton combat acharné, tu réussis, contre vents et marées, à te frayer ton petit bonhomme de chemin jusqu'au DEA. Ta voie était désormais tracée et, avec l'assistance de ton professeur de recherches, un homme de goût et de qualité, tu t'apprêtais à passer le cap décisif de ta carrière. Pour mieux préparer ta thèse, tu présentas ton dossier, trois fois de suite, à la commission chargée de sélectionner les candidats à un troisième cycle à l'étranger. L'arrêté stipulait clairement que « durant ce stage l'intéressé continuerait à percevoir régulièrement son traitement au Maroc de X dirhams par mois transférable par l'intermédiaire de l'Office des changes ».

Tu étais donc revenu de France pour accomplir les démarches administratives te permettant le transfert de ton salaire. Tu étais loin de t'imaginer les surprises qui t'attendaient.

Il était entouré par tous les enfants du « Derb », une boîte de conserve vide devant lui. Celle-ci ne tarda pas à être remplie de mégots. Bouchahda faisait des gestes horizontaux avec les mains, balayant le vide et braillant de sa voix d'alcoolique. Il ne me vit pas arriver. Je m'adossai contre un mur, et je n'entendais plus que la voix criarde de Bouchahda :

« Il était petit de taille, laid et orphelin. Elle était grande, belle et de famille aisée. Il marchait devant, à grands pas. Elle avait du mal à le suivre. Il avait hâte d'arriver à sa garçonnière. Elle ne savait même pas pourquoi elle l'avait suivi, pourquoi elle avait consenti à aller chez lui. Il échafaudait des plans et des projets dans sa tête minuscule. Il lui ferait du thé. Il lui parlerait un peu de Freud et de Reich, de la libération de la femme, de l'égalité des sexes et surtout de la liberté de toute personne à disposer de son corps. Il était beau parleur. C'est pour cette raison, peut-être, qu'elle avait dit oui à son invitation. Elle avait refusé bien des avances. Pourquoi lui, ce zéro plein de mots creux, ce vide transparent qui s'opposait aux autres comme détenteur d'un savoir inépuisable ? Il se savait laid et compensait ce sentiment d'infériorité en assommant l'entourage d'aphorismes et de citations, de stéréotypes et de clichés. Parfois, ses phrases étaient d'une telle ambiguïté qu'elles ne voulaient rien dire. Une savante nullité. »

Le *chaouch* recommanda aux deux femmes de bien s'occuper de toi avant d'aller leur chercher des croissants chauds. Dans un coin, entre le bureau et l'armoire, un camping-gaz, une théière et des verres posés sur une petite table. Un bouquet de menthe gisait sur une chaise poussiéreuse.

Tu expliquas une fois de plus la raison de ta présence et supplias qu'on active la procédure.

– On est là pour ça ! dit l'une des deux secrétaires. C'est notre devoir de vous aider. Cependant, il vous faudra un arrêté de stage à partir duquel nous pourrons établir votre attestation. Maintenant qu'on s'est compris, tout marchera comme sur des roulettes. N'ayez plus d'inquiétude, Si Rahou !

L'arrêté de stage, tu l'avais. Heureusement. Tu le tendis à la secrétaire qui colla un sourire jaune sur ses lèvres outrageusement fardées.

– C'est parfait Si Rahou ! Je vais taper votre papier sur-le-champ. Aussitôt que le patron sera là, je lui demanderai de le signer. Revenez vers onze heures, ce sera prêt !

Lalla Rabha revint s'asseoir en face de moi. Elle me raconta la vie conjugale de Mouloud avec sa femme Farida. Pour elle, le mari était un enfant de bonne famille et l'épouse était volage. L'explication était simple : Farida avait fréquenté l'école. Elle était fonctionnaire, donc indépendante financièrement, donc volage. Avec cela, elle était Fassie, de la petite bourgeoisie cynique et à l'esprit étroit. Lui était Berbère. Comme si le blanc et le noir pouvaient s'épouser ! Pour être bien habillé, il faut avoir des vêtements à sa mesure, me dit ta mère. Elle était persuadée que, dès le début, Mouloud ne s'était pas comporté en homme avec sa femme. « Le chat meurt le premier jour. » Mais Farida n'était pas femme à se laisser faire. Malgré le lien sacré qui la liait à Mouloud, elle entendait disposer librement d'elle-même et de son argent. Un mauvais exemple pour les autres femmes. Farida était belle, certes ! Mais il ne fallait pas exagérer. Négliger son foyer et ses enfants. Aller avec d'autres hommes ! La honte était sur elle. Mais elle, elle était à l'aise dans son corps et dans son esprit. Les hommes vénéraient en elle la « putain » excentrique. Les femmes méprisaient l'épouse et la mère de famille. Entre sa vie familiale et sa vie sociale, Mouloud souffrait le déchirement des gens qui n'ont de place nulle part. Pour certains, il était à plaindre. Pour d'autres, il n'avait que ce qu'il méritait. Les amis le conseillaient. Quand l'autorité d'un mâle faisait défaut, le problème devenait l'affaire du groupe. La répudiation frappa alors trois fois le foyer de

Mouloud et de Farida. Mouloud retrouva un peu de dignité mais resta seul. Il revint vivre avec son père âgé. Farida obtint la garde de ses enfants et alla vivre avec sa mère divorcée. Ainsi, elle pouvait disposer de son corps comme elle l'entendait. Elle n'était plus mariée. Les gens pouvaient, sans équivoque, la traiter de putain. Jamais personne ne s'était demandé pourquoi elle agissait ainsi. Pour tout le monde, sa conduite était méprisable. Elle devait se plier aux règles de la communauté. Sa répudiation était une menace suspendue sur la tête des femmes qui seraient tentées de suivre son exemple.

– Si ce n'est pas malheureux ! dis-tu au *chaouch*. Pour un papier de rien du tout, il m'a fallu courir pendant trois jours. Et ce n'est pas fini.

– Remercie Dieu, mon fils ! répondit le *chaouch*. Il y a des gens qui courent depuis des mois pour un papier. Ils ne l'auront jamais. D'où viens-tu, Si Rahou ?

– De l'étranger !

N'ayant pas entendu ou n'ayant pas compris, l'homme rétorqua :

– Mais, c'est la porte à côté ! Tu n'as pas à te plaindre, mon fils ! Tu es un enfant béni ! Pense qu'il y a des gens qui viennent d'Oujda ou d'Agadir pour régulariser leur situation et doivent repartir bredouilles. On les jette d'un bureau à l'autre. Du 13 au 129, du 129 au 78 et ainsi de suite. Finalement, ils finissent par se lasser et s'en vont. Ils ne comprennent pas la vie. Je vais te donner un conseil, mon fils : là où tu vas, ne va pas les mains vides !

– Dieu abhorre ces conduites, et je ne comprends pas pourquoi l'homme trouve du plaisir à plumer son frère.

– Tu te trompes si tu penses que j'ai accepté ce billet avec plaisir. Maudis Satan, mon fils ! J'ai ma fierté, moi aussi. Je vais te dire ! Je gagne cinq cent cinquante dirhams par mois. Je paie six cents dirhams de loyer et j'ai six gosses...

– Et comment vous faites pour vivre ?

L'homme sourit.

– Nous vivons grâce aux généreux comme toi ! Dix dirhams par ci, dix par là, et la vie va. Ma femme travaille aussi. Elle fait le ménage chez mon patron. J'ai placé mes trois filles comme bonnes dans des familles. Ça rapporte un peu d'argent et je n'ai pas à m'inquiéter pour leur nourriture. La vie est devenue amère !...

Si H'mad me parla longtemps de l'affection qu'il me portait. Il savait que son rêve lointain était définitivement mort. Je n'étais plus un enfant. J'avais dépassé le stade des brimades et des humiliations. La poussière et la cendre du four, je les laissais derrière moi. Je me sentais étranger. J'étais mal à l'aise dans cette ville car je ne comprenais plus ses gens. En route, j'avais perdu mes racines. On m'avait arraché trop brutalement à ce sol qui refusait mon départ. Être et ne pas être à la fois. Être chez soi, mais de passage. Assis dans ce four sombre à la recherche de quelques miettes de moi-même, de ce que je fus. Façon de me cacher et de me fuir. Devant moi, le néant. Derrière moi, la vie encombrée des débris d'une enfance qui avait volé en éclats. L'amertume était là, et l'angoisse, et le vide mortel des souvenirs dolents. Soudain, s'empara de moi le doute terrible qu'il y a quelques années : « Et si j'étais vraiment un bâtard ? » À vrai dire, je n'étais pas bien à l'aise dans notre livret familial d'état civil. Il avait un air vétuste malgré la date récente à laquelle il avait été établi. La précision n'avait jamais constitué une préoccupation majeure de la famille. Apparemment, la naissance d'un gosse n'était pas une chose importante. Nous vivions comme des ombres anonymes. Des ombres poussiéreuses à la recherche d'un corps un peu plus grand ou plus fou. Nous rasions les murs de honte, tant nous avions peur de lire un reproche dans le regard des autres. Là commençait la révolte : oser lever les yeux sur un adulte. Anonymes, nous l'étions dans notre corps et dans notre parole. Nous devions mesurer nos mots, faire taire notre rancœur, faire mentir nos regards et détourner nos pensées. Et nous n'arrêtions pas d'avaler nos chagrins et nos haines, crus de préférence. Jusqu'au jour où s'imposèrent le chiffre, quelques lettres et des signatures illisibles. J'occupais une page entière du livret de famille. Mais quelque chose me gênait dans la courbe des lettres mal tracées avec une encre de Chine de mauvaise qualité. Mon nom, mon prénom, ma date et mon lieu de naissance étaient alignés avec une dignité absurde sur le papier jauni. Entre les lignes, il n'y avait que du désordre, des remords et de l'humiliation bien structurés. Les espaces blancs étaient des yeux cernés où l'agressivité de quelques années lunaires s'était logée. Né en l'an 1370 de l'Hégire. Le mois, le jour et l'heure : une bagatelle insignifiante. Un luxe qu'on abandonnait à d'autres. Moi, j'étais un homme, un homme et non une date de naissance précise. Ma valeur d'Homme, ma valeur d'Arabe, ma valeur de Musulman, je l'avais entre les jambes. Quant à mes sœurs, c'était « l'honneur de la famille » qu'elles portaient entre les jambes. La virilité pour les uns, l'honneur pour les autres. Nous avions chacun une tâche précise à accomplir, une limite à respecter, un engagement à remplir, une corvée à trimbaler toute notre vie comme une dette, une vertu, un privilège, une servitude, une corvée de honte et de fierté mélangées...

Tu te croyais dans un cauchemar et commençais à douter de la bonne foi du *chaouch*.

– Pourquoi vous ne cherchez pas un logement moins cher ? lui demandas-tu. Ça vous permettrait d'économiser un peu d'argent sur le loyer ?

– On dirait que tu débarques d'une autre planète, mon fils ! Où sont de nos jours les logements qui ne coûtent pas cher ? Au début, je payais trois cents dirhams par moi. Il y a six ans, le propriétaire m'a fait un procès en justice. Il demandait une augmentation. Le juge a tranché en sa faveur et j'ai commencé à payer quatre cents dirhams. Trois ans après, il m'a refait le même procès et on m'a imposé une seconde augmentation de cent dirhams. Le juge était catégorique. Il m'a dit : « Ou tu paies, ou tu abandonnes la maison à son propriétaire. Lui aussi a des charges et des impôts à payer. » Puis le loyer est passé à six cents dirhams. Je sais que ce sera ainsi tous les trois ans. J'ai l'habitude à présent...

– Mais, ce juge, il n'a pas essayé de comprendre et d'étudier ta situation ? La justice doit être au service de l'honnêteté et de l'équité. Il y a quand même des lois dans ce pays !

– Il n'y a plus de justice qui compte, mon fils ! De nos jours, c'est l'argent qui fait les lois. Le juge se fait graisser la patte par le propriétaire. Alors, forcément, je suis perdant !

– Graisse-lui la patte toi aussi, puisque c'est ainsi !

– J'y ai pensé. Mais j'ai renoncé. Entre ce que l'autre doit lui filer et ce que moi je peux lui offrir, il doit y avoir une différence...

Puis, regardant sa montre, il continua :

« Bon ! Il est déjà onze heures. Je vais me préparer pour la prière du vendredi. »

Il se leva, ouvrit la porte du bureau et lança aux secrétaires :

– Je pars pour la prière, mes filles ! Si le *maalem* apparaît avant onze heures et demie, dites-lui que je suis quelque part dans le service !

– Tu peux être tranquille, lui répondit l'une des deux femmes. Tu sais bien qu'on ne le voit presque jamais le vendredi. Nous allons partir dans cinq minutes, nous aussi. Il n'y a plus rien à faire.

Tu sentis ta colère monter :

– Si je comprends bien, mon papier ne sera pas prêt ce matin !

– En ce qui nous concerne, nous avons fait le nécessaire. Voyez vous-même ! C'est fait. Il ne manque plus que la signature. Revenez cet après-midi ! Il sera peut-être là et je veillerai personnellement à ce que ce soit signé.

D'autres gamins s'étaient joints au groupe. La boîte de conserve était maintenant pleine de mégots. Je me rappelai qu'autrefois Bouchahda nous racontait des histoires sans rien demander en échange. Des histoires plates. Mais quelque chose avait changé dans sa façon de les raconter. Il faisait de l'esprit, donnait un certain style à ses mots, introduisait des termes scientifiques... Il s'était recyclé. Les mots commençaient à le vaincre, à s'imposer à lui et aux circonstances comme autant de rêves enfermés dans un soleil, comme autant d'étoiles qu'il propulsait dans la tête des enfants. Des mots qui ouvraient un peu plus la faille des mémoires angoissées, qui plantaient des points d'interrogation comme des hallebardes sur le sol du silence, qui préparaient l'horizon à un demain illuminé, tuant la légende, anéantissant la peur, la honte et l'incertitude. Sa voix s'élevait telle celle d'un grand initiateur :

« L'étudiant et l'étudiante arrivèrent en bas de l'immeuble. Lui devant, elle derrière. Il donna un coup de pied dans la porte qui s'ouvrit sur “La maison abandonnée”. C'est ainsi qu'il appelait sa garçonnière parce que le ménage n'y était jamais fait et que la porte n'avait pas de serrure. La chambre était sale, l'atmosphère suffocante, le décor de mauvais goût. Quelques objets d'artisanat étaient éparpillés sur un tapis aux couleurs ternes. Sur le mur, une femme blonde étalait sa chair pâteuse en souriant grassement. La chambre typique de l'étudiant frustré. Un sexe immense ouvrait sa gueule à poils pour happer toutes les pulsions érotiques de la terre. Dans un coin, une bibliothèque en osier garnie de titres ronflants mais dérisoires. Ils s'assirent sur le bord du matelas. Il ne lui fit pas de thé. Il ne lui parla pas de la libération de la femme. Sa main s'aventura sur la jambe de la jeune fille qui recula ostensiblement.

– Et ça prétend à l'émancipation ! grogna l'étudiant. Vous réclamez votre libération et vous demeurez, vous-mêmes, enchaînées aux traditions. Une étudiante en première année de faculté qui est incapable de faire table rase des valeurs intériorisées. C'est décevant ! Ce n'est pas avec des mots que vous arriverez à vous débarrasser des contraintes sociales. Il faut passer aux actes. Il faut que vous deveniez adultes en assumant vos choix ! Libérez vos corps si vous voulez que les esprits soient libérés !... »

Le Fakir se leva brusquement, marcha quelques mètres puis s'arrêta. Je restai perplexe. Il revint sur ses pas, les bras tendus dans ma direction, m'enlaça avec force et se mit à sangloter. Cinq minutes auparavant, rien ne laissait prévoir un tel emportement. L'angoisse broyait mon cœur. Il desserra soudain son étreinte et s'éloigna à reculons. Sa voix forte couvrait tous les bruits de la rue :

– Nous sommes les enfants des rues étroites ! Le soleil ne se lève pas de ce côté-là. Va, mon fils ! Ta place n'est plus ici. Pourrais-tu désormais vivre avec des cadavres ambulants ? Laisse le vide à ceux qui méritent le vide ! Ne regarde jamais derrière toi ! Ici, c'est maintenant la nuit la plus longue. Destin despotique ! Le printemps ? Voilà des siècles qu'on a oublié ce que c'est. Demain le déluge. Nous vivons les temps les plus maussades que l'homme ait jamais vécus. Dieu y est pour quelque chose, mon fils. Perdus ! Nous sommes perdus car les fourmis peuplent nos rêves. Dieu rendra un jour sa justice. Le ciel interviendra un jour pour nous débarrasser de nous-mêmes. Mais quand ? Nous sommes fatigués. L'avenir appartient à ceux qui le font. Les *chikhates* et le gros rouge nous ont fait oublier nos prières. Notre blessure ne tourmente plus personne. Nous sommes les oubliés de l'histoire, trous creusés dans le désert, puis oubliés... Nos larmes sont confisquées, nos rides creusent des entailles dans le temps, chaque jour un peu plus. Va, mon fils ! Cours devant toi ! Demain, je vous dis demain...

À l'angle de la rue, Moulay Tayab bifurqua et s'enfuit à toutes jambes.

Le responsable ne vint pas cet après-midi-là, ni le lendemain matin. Enfin, le lundi, l'homme daigna signer ton papier. Tu t'étais résigné à la mascarade. Tu avais accepté, comme tout le monde, cette espèce de laisser-aller incontrôlé et malhonnête.

Avec ton document signé, tu allas à l'Office des changes pour y déposer ta demande de transfert. Le plus dur était fait, pensais-tu.

– C'est bien les papiers qu'il te faut, dit le fonctionnaire de l'Office des changes dans un large bâillement. Cependant, il faut que ton attestation de salaire détaillée soit visée par le ministère des Finances. Va et nous ferons le nécessaire !

Tu avais l'impression de suffoquer. Une grosse boule dans la gorge t'empêchait de respirer. Ramassant tes papiers, tu sortis en courant, te précipitas sur le trottoir et vomis au bord de la route, derrière un arbre. Les passants te regardaient avec dégoût. Certains crachèrent dans ta direction : ils te prenaient pour un ivrogne cuvant son vin. Tu te relevas péniblement et disparus dans la foule comme un voleur.

L'après-midi même, sans perdre espoir, tu gagnas le ministère des Finances. Tu y arrivas vers trois heures. On t'envoya de bureau en bureau, d'étage en étage, de secrétariat en secrétariat. Vers seize heures trente, le ministère n'avait plus de secret pour toi. Mais personne ne savait qui était responsable de ton affaire. Personne n'était en mesure de te renseigner. Là où tu allais, on te disait : « Ce n'est pas de la compétence de notre service. Allez voir... » Une demi-heure plus tard, les bureaux étaient vides, tu serais obligé de revenir le lendemain matin. Les chauffeurs de taxi commençaient à te connaître.

Le doute est terrible ! Tout ce que j'avais, c'était un prénom ridicule qui écorchait les cordes vocales de mes institutrices françaises, avec ce « h » au milieu comme une arête de poisson. Arrivés en CM2, nous devions avoir une date et une attestation de naissance pour passer nos examens, mon frère et moi. Nous avions pleuré pendant une semaine. Nous avions supplié. Ma mère avait pleuré avec nous. Nos larmes s'étaient mélangées, et nos haines.

– L'école ! nous dit un jour le père exaspéré par nos larmes Vous ne serez ni caïds, ni pachas avec vos études. Vous ne serez rien du tout. Un homme, c'est d'abord son travail. Et vous ne travaillez pas. Vous allez exprès à l'école pour ne pas m'aider. Il y a de la place pour vous deux à l'atelier. Mais votre mère préfère que vous perdiez votre temps dans les rues. Un livret d'état civil ! Il ne manquait plus que ça ! Qu'est-ce qu'ils vont encore inventer pour nous emmerder ?...

Nous venions de dîner. Le repas était gras, bien épicé. Une bonne paire de pieds de veau avec des pois chiches. C'était délicieux. Le père s'était emparé d'un pied. Nous nous étions partagé l'autre. Après un plat pareil, j'aimais garder les mains sales un moment. Mes doigts collaient les uns aux autres et je prenais du plaisir à les décoller. Souvent, je n'y arrivais pas et cela m'indiquait les limites exactes de ma puissance. Mon père se curait les dents avec une allumette éteinte. Il bâilla très fort et je vis toutes ses dents en or. Je frissonnai. Il était fier de ses dents.

D'après les dires de mon père, je n'étais pas un homme. Petit de partout, j'avais du mal à grandir. Il faut dire que j'avais peur. Peur de ressembler au mâle violent qu'il était. Je ne voulais pas grandir de cette façon. J'avais encore besoin de l'affection de ma mère, de ses regards, de ses caresses et de ses larmes.

– Tu en feras une femmelette de ce gosse, répétait-il à ma mère. Ce n'est pas de cette façon qu'on élève des enfants mâles. Toujours accroché à tes jupons, il ne sera jamais un homme ! Laisse-le aller dehors !...

Sa conduite était naturelle. Il avait reçu, lui aussi, des coups et des brimades. Il accomplissait son devoir de père. Personne ne pouvait l'en blâmer. Il ordonna à

Hafid d'aller chercher une feuille de papier et de quoi écrire. L'instant était grave, solennel. Nous assistions, éberlués, à l'accouchement tardif de notre date de naissance.

Je me penchai un peu sur le côté et ne vis point Bouchahda. Il était assis à même le sol. Seule sa voix montait du cercle que les gamins avaient formé autour de lui. Il continua ainsi son histoire :

« L'étudiante baissa le regard. Au bout de cinq minutes, elle était allongée sur le matelas puant le moisi et le sperme. Elle ferma les yeux, et retint sa respiration. Elle avait envie de vomir, de mordre cette langue qui glissait sous la sienne, de recracher cette salive que l'autre lui faisait boire maladroitement. Une main tâtonnante cherchait désespérément ses dessous. Elle se crispa. La main fouillait. Malgré sa nausée, elle se laissa faire. Cette quête fiévreuse la fatiguait. Pour y mettre fin, elle arracha elle-même son slip. L'autre s'abattit sur elle de tout son poids. Elle sentit quelque chose de dur lui chatouiller l'entrecuisse et, en même temps, une révolte sourde gronder au fond de son être. La chose se maintint finalement sur sa zone sensible. Elle serra les mâchoires pour ne pas hurler, s'agrippa à un pan de drap. Une douleur immense l'envahit. Elle brûlait de partout. Son corps, une blessure qui saignait, qui pleurait, qui faisait honte. Elle se retint de pleurer. Ouvrant les yeux, elle se rappela les recommandations de sa mère :

– Tu es la prunelle de mes yeux, la perle de la famille. Tous les voisins louent ta conduite. Ton cousin Hamid t'apprécie et n'est pas indifférent à tes charmes. Ses intentions sont sérieuses. C'est un grand avocat. On ne peut pas trouver mieux. Le médecin qui avait demandé ta main est encore revenu. Tu n'épouseras qu'un avocat ou un médecin. Je veux un avenir assuré pour ma fille. Que vas-tu chercher à Rabat ? Les études ne sont indispensables qu'à ceux qui n'ont pas de piston. Avec ton baccalauréat, ton oncle Abderrahmane peut très bien te trouver un bon poste dans une banque ou une société d'assurance. Réfléchis, ma fille ! Pourquoi veux-tu te séparer de ta mère qui t'aime et qui ne cherche que ton bonheur... »

Dans l'autobus qui t'emmenait à la gare, tu remarquas une femme debout, un panier entre les pieds, un bébé sur le dos. Sur le siège à côté d'elle, un voyou fumait une cigarette et mâchait du chewing-gum, les fesses serrées dans un jean délavé et rapiécé, une casquette en cuir sur la tête, une grosse chaîne autour du cou. Tu te frayas difficilement un passage jusqu'à la femme. Tu te penchas sur le voyou et le supplias discrètement de céder la place à la malheureuse. Le voyou tira de sa poche un cran d'arrêt et la lame jaillit fine, luisante, pointue comme une aiguille. Sans daigner te regarder, il se mit à caresser la lame de son couteau de l'index rugueux de sa main droite.

– Hé ! Fils du bled, dit-il, je vois bien que tu me cherches ! Tu veux la draguer sur mon dos ? Puisque tu as pitié d'elle, tu n'as qu'à lui payer un taxi. Elles réclament l'égalité. Alors, qu'elles assument leurs responsabilités. Elles savent peut-être pas qu'elles pisseront toujours assises ? Un conseil, fils du bled : te mêle jamais de ce qui ne te regarde pas ! Descends à la prochaine, fils du bled, si tu ne veux pas que je compte tes dents et que je te montre la couleur de tes boyaux ; compris ?

Quand tu descendis de l'autobus, tu n'avais plus ni ta montre, ni ton portefeuille.

Les mots du Fakir martelaient ma mémoire et sa voix occupait toute ma chair. Écrasé sous leur poids, je n'avais plus la force de me mettre debout. La terre m'attirait à elle. Un vide se creusait à l'intérieur de mon cadavre transparent et la mort se dessinait, nette, devant mes yeux. Les murs en pisé marchaient sur moi et s'effondraient en ruine sur ma tête abrutie. De sous les décombres, la voix du Fakir me parvenait toujours, forte, profonde, obsédante...

Si H'mad parla et mon angoisse fut dissipée :

« Que Dieu nous guide sur la voie de la sagesse ! Personne n'a trouvé dans la vie ce qu'il aurait voulu. Qu'Allah nous emmène dans la lumière ! Il y a des choses qui déchirent le cœur. Que la malédiction de Dieu soit sur les injustes ! J'avais un pressentiment. Nos ancêtres le disaient : "Allah ne donne les pois chiches qu'à ceux qui n'ont pas de dents !" Comme si les doigts de la main pouvaient être remplacés. Les enfants sont la joie et la richesse de ce bas monde... »

Où Si H'mad voulait-il en venir avec ses paraboles et ses clichés ? Le petit apprenti s'affairait autour des planches à pain. Ses gestes me rappelaient les miens, quand j'avais son âge. Si H'mad avait-il l'intention de rouvrir ma blessure ? Non ! Je ne le laisserais pas faire. Je m'étais juré de ne plus remuer cette boue où reposaient mes souvenirs anciens. À quoi bon ?

Après deux jours de marathon ininterrompu, tu réussis, tard dans la matinée du troisième jour, à coincer dans son bureau le représentant du ministère des Finances chargé de signer ces fameux papiers. Tu fus reçu très froidement, comme d'habitude. L'homme appuya sur un bouton et une petite ampoule rouge s'alluma devant lui. Une secrétaire assez jeune, belle et élégante apparut. L'homme afficha un sourire béat en lui tendant des documents :

– Pour le *maalem !* lui dit-il.

Avec ses yeux, son corps et ses gestes, elle lui faisait du charme, le provoquait. Entre ces deux personnes qui ignoraient ta présence, tu sentis une grande complicité et tu te sentis écrasé.

– Comment as-tu trouvé mon choix hier soir ? dit l'homme.

– Superbe ! Je n'avais jamais été dans un endroit aussi chic.

– Ton mari n'a rien dit à ton retour ?

– Je l'emmerde celui-là !

Tu rougis de honte. Tu baissas les yeux pour ne pas les gêner. Cependant la jeune femme continuait :

« Il a gardé le gosse jusqu'à mon retour. Je lui ai dit que j'étais au mariage d'une copine. »

– Ce mariage risque de se renouveler assez souvent, dit le fonctionnaire du gouvernement. Il faudra qu'il en prenne son parti !

– Pas de soucis à se faire de ce côté-là. S'il n'est pas content, il n'a qu'à s'en aller. Il est assez lâche pour me quitter. Il sait que je ne l'aime pas. J'ai été mariée de force à cet homme qui pourrait être mon père. Je me suis laissé faire au début parce que je ne savais rien de l'existence. À présent, je refuse d'enterrer ma vie dans la sienne. Il n'avait qu'à épouser une femme de son âge.

Tu suivais cette conversation malgré toi, en faisant semblant d'être absent. Tu consultais tes papiers, regardais la pointe de tes chaussures, contemplais les meubles. Tu découvris un cheveu sur l'épaisse moquette, tu remarquas l'humidité au coin du mur... Tu fus impressionné par la richesse du mobilier et la diversité des appareils disposés sur le bureau, signes de grande responsabilité. Le bureau en acajou était recouvert d'une épaisse glace fumée, assortie à la couleur de la moquette et à celle du fauteuil à bascule en cuir que l'homme n'avait cessé de faire grincer depuis ton arrivée. Le grand luxe de cet endroit t'éblouissait, le goût manifesté dans le décor, l'ingéniosité dans la disposition des objets. D'un autre côté, tout cela te parut superficiel. Tu te rappelas cet adage de chez toi : « Ô toi qui as de beaux dehors, comment es-tu à l'intérieur ? »

Avant de disparaître, la jeune femme adressa un large sourire de satisfaction à son supérieur.

– Passe-moi mes coups de téléphone habituels ! ordonna celui-ci d'une voix enjouée.

Lalla Rabha luttait contre le sommeil qui alourdissait ses paupières. Je voyageais à travers ses mots gris comme je le faisais autrefois à travers ceux de ma mère. Assise en face de moi, les yeux chargés de désespoir, elle m'embarquait dans son passé houleux. Je la prenais par la main. Elle me tenait par la parole. Nous titubions à chaque phrase, à chaque mot. Nous faillîmes plusieurs fois sombrer dans la folie. À cause des mots, à cause de la nuit. La vie avait besoin de moi, et j'avais besoin de toute ma lucidité pour témoigner de ses horreurs. Face blafarde, la vie passait en faisant des trous dans nos rêves. Nos espoirs éparpillés traînaient sur le sol, se mêlant à la poussière des rues. Poussière. Nous n'étions que de la poussière et une parole fatiguée.

Je regardais la nuit avancer à pas feutrés. Des mots désespérés jaillissaient des ténèbres. Le mur en face de moi s'ouvrait comme un cercueil pour engloutir l'espoir d'une quelconque réconciliation avec l'oubli ou le sommeil. J'étais chargé de trop de lassitude. Lalla Rabha parlait, mais je ne l'entendais plus. Mon esprit était ailleurs, dans une maison basse aux murs humides, mon corps noyé dans la chair de ma première prostituée, à la poursuite d'un autre moi-même, à la recherche du père et de la délivrance.

Lalla Rabha luttait toujours contre le sommeil. Ses paupières, chargées de trop de souvenirs douloureux, refusaient d'aller à la rencontre l'une de l'autre.

– Qui es-tu m'sieur et que veux-tu ?

Tu te levas, déclinas ton identité et déballas tes papiers devant cet homme dont l'importance ne faisait aucun doute. Tu commenças timidement tes explications :

– Je suis venu vous demander, monsieur...

Le téléphone sonna. Le fonctionnaire du ministère des Finances décrocha et s'engouffra dans une longue communication avec l'étranger.

– Allô ! Le Canada ? C'est El Ghadi ? Comment vas-tu ? La santé est bonne ? Tout va bien ? C'est parfait ! Tu sais, hier je n'ai pas pu t'avoir. Un dérangement dans les télécommunications probablement. Tu sais ce que c'est. J'ai vu ton frère samedi dernier aux fiançailles de Saïd. Je lui ai dit qu'il pouvait venir te parler au téléphone quand il voulait. Tu n'as pas à me remercier. C'est mon devoir. Je ne paie rien de ma poche, tu sais. Dis-moi ! Il fait toujours froid là-bas ? Moins vingt ! *Yalatif !* Vos couilles doivent être gelées ! Ici, il fait un temps magnifique, avec un soleil d'été. Il y a des gens sur les plages. Cette année, nous avons été comblés. La pluie ? Tu sais, s'il s'agissait de moi, qu'elle ne tombe jamais ! Les pauvres ? Que veux-tu que je leur fasse, moi ? Tu parles... Qu'ils crèvent !...

Tu restais debout comme un imbécile, l'index pointé sur une phrase de l'arrêté « ... son salaire de X dirhams par mois transférable par l'intermédiaire de l'Office des changes ». L'autre continuait sa causerie exubérante, ignorant ta présence.

– ... Dis-moi ! Comment trouves-tu les Canadiennes ? Sont-elles aussi froides que leur climat ? Je te connais « Al Afrit » ! Toi et tes prouesses, Satan est un minable amateur devant toi ! Non ! Je n'ai rien oublié de notre jeunesse. La boue, les pieds nus, le ventre creux... Tu parles ! Bien sûr, c'est mieux là-bas ! Tu as de la chance, va ! Profites-en ! Quand tu reviendras, on trouvera autre chose pour t'envoyer en stage quelque part. Ne t'en fais pas ! On est là pour ça. Que Dieu ne nous prive pas ! Le froid ? Je m'en fous, du moment qu'il y a des filles et du whisky. Dis-moi ! Combien en as-tu déjà tombé ? Elles sont belles ?

Le père posa la feuille de papier sur la table et passa la mine du crayon sur sa langue. Nous attendions le verdict qui tomberait du ciel. J'essayais de mettre un chiffre sur ma chair, sur mes membres squelettiques. Je ne réussis qu'à m'enfoncer davantage dans l'incertitude. Avant ou après les inondations ? Au moment de l'invasion des sauterelles ? Je naquis un jour. Un vendredi ou un dimanche. Cela n'avait aucune espèce d'importance. Le jour ou la nuit. Qu'est-ce que cela changerait ?

– Combien on donne à celui-là ? demanda mon père.

« Celui-là », c'était Hafid. Pour le père, nous n'avions pas de prénom. Nous n'existions pour lui qu'en tant qu'images. Il ne s'apercevait de notre présence que lorsqu'il voulait nous faire faire une corvée, se déchaîner sur nous ou nous faire remarquer que nous le ruinions en mangeant trop.

Ma mère fit semblant de réfléchir et lança un chiffre :

– Mets-lui dix ans !

Elle savait pertinemment que son avis ne comptait pas et que, même s'il avait choisi le même chiffre qu'elle, il le changerait pour nous prouver et se prouver à lui-même qu'il était le maître.

Aussitôt que Mi eut prononcé sa petite phrase, le père coinça le crayon derrière son oreille avant de se mettre en colère :

– Parole d'honneur ! Tu es cinglée ? Ça fait sept ans qu'il est à l'école. On n'a pas pu l'y mettre à trois ans ! Réfléchis, femme, avant de dire des bêtises !

Nous étions alignés devant lui par ordre de naissance. Quatre ombres rigides, comme si notre destin était en train de se jouer en ces instants fatidiques. Comme si nous allions renaître de nouveau.

« Non ! dit-il. À “celui-là”, je donne quatorze ans. Il est né le jour où Si Bekkaï a été nommé pacha à Sefrou. Je me souviens très bien de ce détail. Je ne sais pas exactement en quelle année, mais cela n'a pas d'importance. Ce qui compte, c'est l'événement. Disons quatorze ans ! »

Dieu en personne avait parlé. Mon frère baissa les yeux. En plus du nom et du prénom, le père venait d'imprimer une date de naissance dans sa petite tête.

Après une pause, la voix de Bouchahda s'éleva de nouveau. Les auditeurs écoutaient sans toujours comprendre. Ils étaient là par habitude. Bouchahda occupait une place importante dans leur existence. Il les faisait rêver en les remplissant de mots qui résonnaient comme un gong au fond de chacun. Malgré sa situation de chômeur méprisable, il avait le privilège de pouvoir rire de tout en donnant aux mots la force de briser le silence, d'anéantir l'ombre menaçante des préjugés et de l'intolérance. Sa parole était une histoire sombre où chaque mot portait le deuil d'une déchirure et la colère d'une mémoire blessée. Elle assumait sa propre mort, privant la terre de sommeil. Ses échos jetaient la confusion dans les mémoires coupables. La plaie restait ouverte.

« L'étudiante retint un cri, continua Bouchahda. Le drap était maculé de sang. L'autre dormait comme une masse, allongé sur elle. Elle réussit à se soustraire au corps inerte et s'essuya avec son mouchoir. Puis elle sortit.

Des passants la dévisageaient. Elle dissimulait son bas-ventre avec sa main. La nausée la reprit au souvenir de ses ébats. Dire que les autres trouvaient la chose euphorique ! Sa mère l'avait toujours mise en garde contre ces saletés que certains imbéciles chantaient. Sa mère avait raison. L'amour était une cochonnerie. Elle ne recommencerait plus jamais. Elle se sentait étouffée, comme si toute la rue était inondée de son sang. Elle se retournait à chaque pas pour s'assurer que le sang ne la suivait pas.

– Ma fille, fais attention à ton honneur, lui avait dit sa mère, et protège-toi contre les enfants de l'adultère ! Tu seras livrée à toi-même là-bas. Alors sois digne de la confiance que ton père et moi venons de placer en toi. Rappelle-toi ce que je te dis : tous les hommes sont des traîtres. Ne leur fais jamais confiance ! Je pense à ton bonheur. Je te laisse partir parce que je sais que tu es raisonnable et que je n'ai rien à craindre. D'ailleurs, j'ai chargé ton cousin de te surveiller là-bas. Adieu, ma fille ! Et que Dieu te protège !...

Le chauffeur de taxi qui la ramenait à la Cité riait tout seul. Sans doute avait-il deviné ? »

La communication téléphonique entre le fonctionnaire du gouvernement et le Canada durait depuis une bonne demi-heure :

– Au revoir El Ghadi ! Prends soin de toi et ne laisse aucun trou te filer entre les doigts ! Dieu t'en blâmerait le Jour du Jugement dernier. À demain à la même heure ! Embrasse les Canadiennes de ma part ! Et ne m'oublie pas ! Envoie à ton frère un vagin canadien bien jeune et bien frais !

Le fonctionnaire du ministère des Finances éclata d'un grand rire avant de raccrocher. Puis il pivota sur son fauteuil, se retourna face au mur, renversa sa tête en arrière et se perdit dans un rêve prévisible. Il te fallut attendre que le nuage se dissipe pour reprendre tes explications timides.

À peine avais-tu ouvert la bouche que le téléphone se remit à sonner. L'homme important porta l'écouteur à son oreille et la conversation s'engagea avec Washington. Elle fut aussi riche, aussi instructive que la première et aussi longue.

Après Washington, ce fut le tour de Paris. Il fut surtout question des femmes de Pigalle et de Barbès. On parla aussi du temps, mais très peu.

Quand le fonctionnaire déposa son appareil, il était midi et demi.

– Reviens cet après-midi ! t'ordonna-t-il. Je verrai ce que je peux faire pour toi.

Comme tu insistais, il se leva soudain et t'apostropha en ces termes :

- Reviens cet après-midi, je te dis ! Tu ne comprends pas l'arabe ou quoi ? Faut-il que je te fasse un dessin ? As-tu déjà vu un fonctionnaire travailler après le service ?

Il te poussa dehors et referma la porte de son bureau. Dans le couloir, tu croisas la jeune secrétaire qui jouait des hanches.

« Un an après, poursuivait Bouchahda, l'étudiante épousait son cousin avocat. On égorgea les moutons et les poulets. Toute la ville fut invitée pour que chacun soit témoin de la vertu et de l'honneur des deux familles. Certaines mauvaises langues avaient fait circuler des propos infâmes sur la pureté de la jeune fille. Sa mère en avait été indignée. Elle avait tenu à ce que le mariage soit célébré le plus vite possible et dans le faste. Il était nécessaire que les gens voient de leurs propres yeux.

La nuit des noces, hommes et femmes attendaient dans l'inquiétude. Malgré le bruit des *derboukas* et les you-yous stridents, l'attention était concentrée sur une porte, sur un cri. Les minutes s'éternisaient. Impatiente, la mère de la mariée allait et venait en pleurant dans le couloir. Un cri était suspendu au-dessus de la tête des invités. Dans leur regard, les époux baignaient déjà dans une mare de sang. La foule commençait à s'agiter. On chuchotait. On se posait des questions. Des grimaces se dessinaient sur les visages envieux. Le père de la mariée avait déserté les lieux après avoir injurié le sort qui lui avait donné une fille incapable d'aller jusqu'au bout de sa destinée. De temps en temps, un silence de mort tombait sur la fête. Aucun son ne parvenait de l'autre pièce. La mère de la mariée implorait le ciel de lui épargner la honte. Elle serait répudiée si sa fille avait failli à son honneur... »

Les enfants écoutaient, souffle coupé. Bouchahda s'était levé et battait le vide de ses bras. Certains adultes s'étaient arrêtés pour écouter l'histoire. Bouchahda poursuivit son récit :

« Soudain, un cri ! Tout le monde était délivré. La mère pleurait de bonheur. On alla chercher le père pour le rassurer et le féliciter. C'était la fin du cauchemar. Une porte s'entrouvrit timidement et un linge taché de sang apparut. Des cris et des you-yous s'élevèrent. Les invités retrouvèrent leur voix. Des chants heureux gonflaient des gosiers pleins de vin et de fatigue. La mère de la mariée montrait à tous le sang de sa fille bien-aimée. Elle répondait aux félicitations d'un sourire illuminé. Le père exécuta une danse frénétique dans la grande pièce au milieu des invités. Son honneur était sauf. »

Bouchahda se tut. Les enfants attendaient, impatients. Après un moment de réflexion, Bouchahda leva les bras vers le ciel et dit :

« Que Dieu maudisse les naïfs ! Quand les gens ont de l'argent, rien n'est impossible. La médecine fait des miracles. Et pour les indigents, il y a le sang de poulet et la période des règles... »

Mi accepta le raisonnement du père sans tergiverser. Comment n'avait-elle pas pensé à l'avènement du pacha Bekkaï ? Pour elle, cet oubli confirmait son infériorité par rapport à son mari. Lui, il n'oubliait rien. Si notre date de naissance n'était pas importante, la nomination de Si Bekkaï l'était. Le père fit encore jouer la mine de son crayon sur la feuille et déclara sur un ton comminatoire :

– Pour les autres, je mettrai un an entre eux. Je dirai qu'ils sont tous nés à Sefrou. Comme ça, nous n'aurons pas de problèmes avec les extraits d'acte de naissance. Un an de différence, c'est raisonnable.

Puis, après un temps :

– Et toi, quel âge je te mets ?

Mi sursauta. Son âge ? Épouse à quatorze ans, mère à quinze, elle avait accumulé des années creuses sans jamais se poser de questions. Quel chiffre le père allait-il imprimer sur ses rides parues avant l'heure ? Je regardai Mi et m'aperçus de sa gêne. Elle ne dit rien. Elle se contenta de baisser les yeux. Elle laissa au père le soin de donner un âge à sa vie. « Que tout cela est loin ! » devait penser ma mère. Une vieille histoire.

Le père griffonna des chiffres sur la feuille qu'il enfouit dans sa poche. Il jeta le crayon sur la table et alla se coucher. Cette nuit-là, je n'arrivai pas à trouver le sommeil.

Longtemps après, nous avons reçu le livret familial d'état civil. Le père le contempla, émit des appréciations flatteuses à propos de sa photo d'identité, collée en haut de la deuxième page. La mine était bonne, la pose parfaite, le *tarbouch* un peu penché sur le côté. Ma mère était sur la même page que le père : lui en haut, elle en bas. Son destin était lié à celui de cet homme. Pour la vie.

Le livret finit par arriver entre mes mains. Il sentait le mensonge. Je l'ouvris d'abord sur la photo pour éviter la colère du père. Je fis remarquer qu'il y avait une erreur dans les dates. Le père était plus jeune que ma mère sur le livret. Furieux, il m'arracha le document des mains et l'enferma dans son armoire.

– Ils se sont trompés, les imbéciles !

Le père avait pris sa revanche sur Mi et sur le destin. Il avait officialisé sa jeunesse par rapport à sa femme. Celle-ci se persuada qu'il en était ainsi. Elle ne pouvait pas mettre en doute la parole de l'homme, ni celle de l'Administration publique. J'étais écœuré. Il l'avait fait exprès pour rabaisser ma mère, pour l'humilier ! Du même coup, il nous avait humiliés à travers elle. Depuis ce jour, il appelait Mi « la vieille » et nous, « les enfants de la vieille ».

Quand tu revins l'après-midi, tu attendis jusqu'à quatre heures et demie le retour du fonctionnaire du ministère des Finances. Cette fois, prêt à tout, tu arrêtas l'homme important dans le couloir où tu lui expliquas par le menu la raison de ta présence.

– Nous regrettons, te dit l'individu vêtu élégamment à l'européenne et paré d'une cravate. Tu me l'aurais dit ce matin, je ne t'aurais pas laissé revenir pour rien ! Les visas de ce genre de documents sont suspendus par arrêté ministériel jusqu'à nouvel ordre, à cause d'un différend entre l'Enseignement et les Finances. La semaine prochaine, nous avons justement une réunion à ce propos. Reviens dans une semaine ou deux ! Peut-être que d'ici là, on nous aura donné l'ordre de signer... Que fais-tu en France ?

– Je prépare une thèse !

– Pfff ! Qu'est-ce qui vous prend tous à vouloir préparer des thèses ? Un conseil : retourne à ton lycée et contente-toi de ce que tu as ! Dieu n'aime pas les insatiables ! « Qui veut le miel, supporte les piqûres des abeilles ! »

Déçus par la fin de l'histoire, les enfants se dispersèrent par petits groupes en insultant l'étudiante et en la traitant de putain. Bouchahda m'aperçut. Il ébaucha un sourire puis se ravisa. Dans un mouvement brusque, il s'empara de la boîte de conserve qu'il dissimula sous sa veste trouée et rapiécée. Feignant de ne pas me connaître, il détala. J'accélérai le pas. Dix ou quinze mètres plus loin, je l'avais rejoint. Je le pris par le bras, l'obligeant à s'arrêter. Il se tourna vers moi et laissa éclater une rancune gratuite :

– Il faut toujours que vous reveniez ! Je la vois, cette cruelle fierté dans votre regard. Vous êtes à l'abri du besoin, bien habillés... Et vous revenez pour nous rappeler notre inutilité. Laissez-nous en paix puisque vous avez choisi de partir ! Et pourtant, vous reviendrez tous un jour, définitivement. Moi aussi j'étais parti, comme vous. Pendant de longues années. Je me croyais à l'abri. Mais le destin vous guette. Au moindre faux pas, il vous fauche. Rappelle-toi ! J'étais motard. Éclaireur. Tout le monde me jalousait, comme si j'étais un ange ! On avait bu un coup de trop, un copain et moi. Une folie. L'erreur est humaine ! Mais dans cet univers, l'erreur est impardonnable. On m'a marqué ici et là (il posa l'index de la main droite sur la tempe, puis sur le côté du cœur, marqué par le tatouage du forçat). À vie. Je n'ai même plus droit à une carte d'identité. Nous croyons être partis alors que nous ne cessons de revenir. Le monde où nous vivons est fermé. Même les morts reviennent. Un jour, vous haïrez la ville et vous reviendrez. Mais vous aurez tué votre place ici, dans ce merdier qui n'est plus à votre mesure. Quel beau merdier ! Avec la douce folie qui vous attend au bout du chemin...

J'essayai de le raisonner. Il s'arracha à mon étreinte et continua à marcher devant moi. Sa voix martelait mes oreilles :

– Vous croyez avoir vaincu la terre et vous revenez pleins de dédain, pleins de morgue ! Mais au fond, vous n'êtes rien. Car vous n'avez de place nulle part. Vous êtes morts pour nous ici ! Morts pour le rocher et pour la montagne. Vous êtes des traîtres ! Ici, c'est la terre du besoin, celle de la misère et de la mort lente. Elle a besoin de tous les cadavres de ses enfants. Retournez vers la civilisation des gens sans honneur et sans fierté ! Ici, c'est la terre de la douleur. Vous n'êtes plus des nôtres...

Ce vous pluriel m'agaçait. Bouchahda était en rogne contre moi, contre les autres, mais aussi et surtout contre lui-même. Il s'arrêta soudain, tira la boîte de conserve de sa veste et, l'agitant devant mon visage, il continua :

– Vois à quoi nous sommes réduits ici ! Je ne suis plus qu'un tas d'os qui raconte des blagues ou des histoires pour des mégots...

Il jeta la boîte par terre. Les mégots de cigarettes de marques différentes se répandirent sur le sol terreux. Bouchahda les piétina un moment. Une angoisse terrible se noua dans mon ventre. Je m'en voulais d'avoir troublé le bonheur simple de ces gens. Les paroles fielleuses de Bouchahda n'étaient qu'un moyen de défense contre la vie et contre ma propre agression. Je fixai le sol couvert de mégots écrasés et j'eus la sensation horrible que j'en étais un moi aussi écrasé non par les pieds, mais par les mots. Bouchahda donna un dernier coup de pied dans la boîte et disparut en courant. Je quittai la ville, sans espoir de retour.

Sur le bateau qui te ramenait en terre d'exil, tu ressentis une tristesse indéfinissable te gagner. Tu tenais toujours ton dossier à la main. Inutilement. Bêtement. Ta mémoire te transporta dans tous ces bureaux, devant toutes ces portes que tu avais ouvertes et qui s'étaient refermées derrière toi. Tu revis tous ces visages cyniques, tous ces regards pleins de haine et de reproches.

Tu ouvris ta main et le vent éparpilla les morceaux de papier qui s'y trouvaient. Ils voltigèrent un moment puis se posèrent à la surface de l'eau. Tu les fixas de ton regard mouillé jusqu'à ce qu'ils eussent disparu. « Monte manger les figues ! Descends ! Qui te l'a dit ? » te répétais-tu absurdement.

Tanger recula comme un fantôme dans le soir et son minaret devint minuscule. C'est de là que le muezzin annonce les cinq prières quotidiennes dans son haut-parleur. C'est dans cette maison d'Allah que les croyants se rassemblent comme un seul homme, la face tournée vers le levant pour prier le Tout-Puissant d'unir les musulmans de la terre, de les rendre forts et solidaires afin de venir à bout du sionisme.

Lalla Rabha me rappela le drame de sa fille Amina, elle me parla de son mari emprisonné arbitrairement depuis tant d'années. Pleurant à chaque phrase, elle demandait à Dieu qu'il la venge de Sid El Haj El Barakat et de ses semblables. Chacun avait sa part de malheur sur cette terre. Le corps de ton frère cadet gisait sur une peau de mouton. Dehors, les bruits de la rue étaient tombés. Ta mère pleurait en invoquant la grâce d'Allah. Épuisée par trop de larmes, de misère et de chagrin, elle finit par s'assoupir sur la banquette en face de moi.

Je me levai, un peu gêné, un peu honteux, cruellement blessé par la griffe des souvenirs. Je cherchai mes chaussures, empoignai ma valise et me faufilai dans la nuit épaisse. Pourquoi avais-je agi de la sorte ? Je ne le savais pas. Autour de moi, le silence inquiétant. Un coup de *chergui* me gifla le visage. Je marchais devant moi sans savoir où j'allais. Ma tête était remplie de larmes et de paroles amères. La ville-cimetière dormait dans sa bâtardise. Seules quelques lumières éparses dans le quartier Kechla témoignaient de la vie dans cette grande nécropole. Je marchais. Mes pensées me faisaient mal. Qu'étais-je revenu chercher sur cette terre ?

Je ne sais pas pendant combien de temps j'ai marché. Une heure ? Peut-être deux ou trois. Quand je me suis arrêté, j'étais à deux pas du cimetière, devant la tombe d'Amina, hors de la ville-fantôme que je laisse derrière moi.

DU MÊME AUTEUR

Messaouda

roman
Le Seuil, 1983
et « Points » n° P957

Le Soleil des obscurs

roman
Le Seuil, 1992

Chant d'ortie

poésie
L'Harmattan, 1993

Les Prolétaires de la haine

nouvelles
Publisud, 1995

L'Amour circoncis

essai
Eddif, 1995
Paris-Méditerranée, 2001

Le Massacre de la tribu

essai (sous la direction de)
Eddif, 1997

Le Deuil des chiens

roman
Le Seuil, 1998

Pommes de grossesse

roman
Paris-Méditerranée, 2000

Le silence est déjà trop tard

poésie
Paris-Méditerranée, 2000

La Chienne de Tazmamart

roman
Paris-Méditerranée, 2001

Les Dunes paradoxales
poésie
Paris-Méditerranée, 2001

Les Temps noirs
roman
Le Seuil, 2002

Kabazal, les emmurés de Tazmamart
Mémoires de Salah et Aïda Hachad
Tarik éditions, 2004

L'homme qui descend des montagnes
roman
Le Seuil, 2009

L'homme qui marche sur les fesses
roman
Le Seuil, 2013

CPI BUSSIÈRE

Cet ouvrage a été imprimé en France par
CPI Bussière
à Saint-Amand-Montrond (Cher)
en juillet 2014.
N° d'édition : 56475-5. - N° d'impression : 2010939.
Dépôt légal : novembre 2002.

Éditions Points

DERNIERS TITRES PARUS

P2820. Petit traité de l'injure. Dictionnaire humoristique *Pierre Merle*
P2821. L'Iliade, *Homère*
P2822. Le Roman de Bergen. 1950 Le Zénith – tome III *Gunnar Staalesen*
P2823. Les Enquêtes de Brunetti, *Donna Leon*
P2824. Dernière Nuit à Twisted River, *John Irving*
P2825. Été, *Mons Kallentoft*
P2826. Allmen et les libellules, *Martin Suter*
P2827. Dis camion, *Lisemai*
P2828. La Rivière noire, *Arnaldur Indridason*
P2829. Mary Ann en automne. Chroniques de San Francisco, épisode 8, *Armistead Maupin*
P2830. Les Cendres froides, *Valentin Musso*
P2831. Les Compliments. Chroniques, *François Morel*
P2832. Bienvenue à Oakland, *Eric Miles Williamson*
P2833. Tout le cimetière en parle, *Marie-Ange Guillaume*
P2834. La Vie éternelle de Ramsès II, *Robert Solé*
P2835. Nyctalope ? Ta mère. Petit dictionnaire loufoque des mots savants, *Tristan Savin*
P2836. Les Visages écrasés, *Marin Ledun*
P2837. Crack, *Tristan Jordis*
P2838. Fragments. Poèmes, écrits intimes, lettres, *Marilyn Monroe*
P2839. Histoires d'ici et d'ailleurs, *Luis Sepúlveda*
P2840. La Mauvaise Habitude d'être soi *Martin Page, Quentin Faucompré*
P2841. Trois semaines pour un adieu, *C.J. Box*
P2842. Orphelins de sang, *Patrick Bard*
P2843. La Ballade de Gueule-Tranchée, *Glenn Taylor*
P2844. Cœur de prêtre, cœur de feu, *Guy Gilbert*
P2845. La Grande Maison, *Nicole Krauss*

P2846. 676, *Yan Gérard*
P2847. Betty et ses filles, *Cathleen Schine*
P2848. Je ne suis pas d'ici, *Hugo Hamilton*
P2849. Le Capitalisme hors la loi, *Marc Roche*
P2850. Le Roman de Bergen. 1950 Le Zénith – tome IV
Gunnar Staalesen
P2851. Pour tout l'or du Brésil, *Jean-Paul Delfino*
P2852. Chamboula, *Paul Fournel*
P2853. Les Heures secrètes, *Élisabeth Brami*
P2854. J.O., *Raymond Depardon*
P2855. Freedom, *Jonathan Franzen*
P2856. Scintillation, *John Burnside*
P2857. Rouler, *Christian Oster*
P2858. Accabadora, *Michela Murgia*
P2859. Kampuchéa, *Patrick Deville*
P2860. Les Idiots (petites vies), *Ermanno Cavazzoni*
P2861. La Femme et l'Ours, *Philippe Jaenada*
P2862. L'Incendie du Chiado, *François Vallejo*
P2863. Le Londres-Louxor, *Jakuta Alikavazovic*
P2864. Rêves de Russie, *Yasushi Inoué*
P2865. Des garçons d'avenir, *Nathalie Bauer*
P2866. La Marche du cavalier, *Geneviève Brisac*
P2867. Cadrages & Débordements
Marc Lièvremont (avec Pierre Ballester)
P2868. Automne, *Mons Kallentoft*
P2869. Du sang sur l'autel, *Thomas Cook*
P2870. Le Vingt et Unième cas, *Håkan Nesser*
P2871. Nous, on peut. Manuel anticrise à l'usage du citoyen
Jacques Généreux
P2872. Une autre jeunesse, *Jean-René Huguenin*
P2873. L'Amour d'une honnête femme, *Alice Munro*
P2874. Secrets de Polichinelle, *Alice Munro*
P2875. Histoire secrète du Costaguana, *Juan Gabriel Vásquez*
P2876. Le Cas Sneijder, *Jean-Paul Dubois*
P2877. Assommons les pauvres !, *Shumona Sinha*
P2878. Brut, *Dalibor Frioux*
P2879. Destruction massive. Géopolitique de la faim
Jean Ziegler
P2880. Une petite ville sans histoire, *Greg Iles*
P2881. Intrusion, *Natsuo Kirino*
P2882. Tatouage, *Manuel Vázquez Montalbán*
P2883. D'une porte l'autre, *Charles Aznavour*
P2884. L'Intégrale Gainsbourg. L'histoire de toutes ses chansons
Loïc Picaud, Gilles Verlant
P2885. Hymne, *Lydie Salvayre*
P2886. B.W., *Lydie Salvayre*

P2887. Les Notaires. Enquête sur la profession la plus puissante de France, *Laurence de Charette, Denis Boulard*
P2888. Le Dépaysement. Voyages en France *Jean-Christophe Bailly*
P2889. Les Filles d'Allah, *Nedim Gürsel*
P2890. Les Yeux de Lira, *Eva Joly et Judith Perrignon*
P2891. Recettes intimes de grands chefs, *Irvine Welsh*
P2892. Petit Lexique du petit, *Jean-Luc Petitrenaud*
P2893. La Vie sexuelle d'un islamiste à Paris, *Leïla Marouane*
P2894. Ils sont partis avec panache. Les dernières paroles, de Jules César à Jimi Hendrix, *Michel Gaillard*
P2896. Le Livre de la grammaire intérieure, *David Grossman*
P2897. Philby. Portrait de l'espion en jeune homme *Robert Littell*
P2898. Jérusalem, *Gonçalo M. Tavares*
P2899. Un capitaine sans importance, *Patrice Franceschi*
P2900. Grenouilles, *Mo Yan*
P2901. Lost Girls, *Andrew Pyper*
P2902. Satori, *Don Winslow*
P2903. Cadix, ou la diagonale du fou, *Arturo Pérez-Reverte*
P2904. Cranford, *Elizabeth Gaskell*
P2905. Les Confessions de Mr Harrison, *Elizabeth Gaskell*
P2906. Jón l'Islandais, *Bruno d'Halluin*
P2907. Journal d'un mythomane, vol. 1, *Nicolas Bedos*
P2908. Le Roi prédateur, *Catherine Graciet et Éric Laurent*
P2909. Tout passe, *Bernard Comment*
P2910. Paris, mode d'emploi. Bobos, néo-bistro, paniers bio et autres absurdités de la vie parisienne *Jean-Laurent Cassely*
P2911. J'ai réussi à rester en vie, *Joyce Carol Oates*
P2912. Folles nuits, *Joyce Carol Oates*
P2913. L'Insolente de Kaboul, *Chékéba Hachemi*
P2914. Tim Burton : entretiens avec Mark Salisbury
P2915. 99 proverbes à foutre à la poubelle, *Jean-Loup Chiflet*
P2916. Les Plus Belles Expressions de nos régions *Pascale Lafitte-Certa*
P2917. Petit dictionnaire du français familier. 2000 mots et expressions, d'« avoir la pétoche » à « zigouiller », *Claude Duneton*
P2918. Les Deux Sacrements, *Heinrich Böll*
P2919. Le Baiser de la femme-araignée, *Manuel Puig*
P2920. Les Anges perdus, *Jonathan Kellerman*
P2921. L'Humour des chats, *The New Yorker*
P2922. Les Enquêtes d'Erlendur, *Arnaldur Indridason*
P2923. Intermittence, *Andrea Camilleri*
P2924. Betty, *Arnaldur Indridason*

P2925. Grand-père avait un éléphant
Vaikom Muhammad Basheer
P2926. Les Savants, *Manu Joseph*
P2927. Des saisons au bord de la mer, *François Maspero*
P2928. Le Poil et la Plume, *Anny Duperey*
P2929. Ces 600 milliards qui manquent à la France. Enquête au cœur de l'évasion fiscale, *Antoine Peillon*
P2930. Pensées pour moi-même. Le livre autorisé de citations
Nelson Mandela
P2931. Carnivores domestiques (illustrations d'OlivSteen)
Erwan Créac'h
P2932. Tes dernières volontés, *Laura Lippman*
P2933. Disparues, *Chris Mooney*
P2934. La Prisonnière de la tour, *Boris Akounine*
P2935. Cette vie ou une autre, *Dan Chaon*
P2936. Le Chinois, *Henning Mankell*
P2937. La Femme au masque de chair, *Donna Leon*
P2938. Comme neige, *Jon Michelet*
P2939. Par amitié, *George P. Pelecanos*
P2940. Avec le diable, *James Keene, Hillel Levin*
P2941. Les Fleurs de l'ombre, *Steve Mosby*
P2942. Double Dexter, *Jeff Lindsay*
P2943. Vox, *Dominique Sylvain*
P2944. Cobra, *Dominique Sylvain*
P2945. Au lieu-dit Noir-Étang..., *Thomas H. Cook*
P2946. La Place du mort, *Pascal Garnier*
P2947. Terre des rêves. La Trilogie du Minnesota, vol. 1
Vidar Sundstøl
P2948. Les Mille Automnes de Jacob de Zoet, *David Mitchell*
P2949. La Tuile de Tenpyô, *Yasushi Inoué*
P2950. Claustria, *Régis Jauffret*
P2951. L'Adieu à Stefan Zweig, *Belinda Cannone*
P2952. Là où commence le secret, *Arthur Loustalot*
P2953. Le Sanglot de l'homme noir, *Alain Mabanckou*
P2954. La Zonzon, *Alain Guyard*
P2955. L'éternité n'est pas si longue, *Fanny Chiarello*
P2956. Mémoires d'une femme de ménage
Isaure (en collaboration avec Bertrand Ferrier)
P2957. Je suis faite comme ça. Mémoires, *Juliette Gréco*
P2958. Les Mots et la Chose. Trésors du langage érotique
Jean-Claude Carrière
P2959. Ransom, *Jay McInerney*
P2960. Little Big Bang, *Benny Barbash*
P2961. Vie animale, *Justin Torres*
P2962. Enfin, *Edward St Aubyn*
P2963. La Mort muette, *Volker Kutscher*

P2964. Je trouverai ce que tu aimes, *Louise Doughty*
P2965. Les Sopranos, *Alan Warner*
P2966. Les Étoiles dans le ciel radieux, *Alan Warner*
P2967. Méfiez-vous des enfants sages, *Cécile Coulon*
P2968. Cheese Monkeys, *Chip Kidd*
P2969. Pommes, *Richard Milward*
P2970. Paris à vue d'œil, *Henri Cartier-Bresson*
P2971. Bienvenue en Transylvanie, *Collectif*
P2972. Super triste histoire d'amour, *Gary Shteyngart*
P2973. Les Mots les plus méchants de l'Histoire
Bernadette de Castelbajac
P2474. La femme qui résiste, *Anne Lauvergeon*
P2975. Le Monarque, son fils, son fief, *Marie-Célie Guillaume*
P2976. Écrire est une enfance, *Philippe Delerm*
P2977. Le Dernier Français, *Abd Al Malik*
P2978. Il faudrait s'arracher le cœur, *Dominique Fabre*
P2979. Dans la grande nuit des temps, *Antonio Muñoz Molina*
P2980. L'Expédition polaire à bicyclette
suivi de La Vie sportive aux États-Unis, *Robert Benchley*
P2981. L'Art de la vie. Karitas, Livre II
Kristín Marja Baldursdóttir
P2982. Parlez-moi d'amour, *Raymond Carver*
P2983. Tais-toi, je t'en prie, *Raymond Carver*
P2984. Débutants, *Raymond Carver*
P2985. Calligraphie des rêves, *Juan Marsé*
P2986. Juste être un homme, *Craig Davidson*
P2987. Les Strauss-Kahn, *Raphaëlle Bacqué, Ariane Chemin*
P2988. Derniers Poèmes, *Friedrich Hölderlin*
P2989. Partie de neige, *Paul Celan*
P2990. Mes conversations avec les tueurs, *Stéphane Bourgoin*
P2991. Double meurtre à Borodi Lane, *Jonathan Kellerman*
P2992. Poussière tu seras, *Sam Millar*
P2993. Jours de tremblement, *François Emmanuel*
P2994. Bataille de chats. Madrid 1936, *Eduardo Mendoza*
P2995. L'Ombre de moi-même, *Aimee Bender*
P2996. Il faut rentrer maintenant…
Eddy Mitchell (avec Didier Varrod)
P2997. Je me suis bien amusé, merci !, *Stéphane Guillon*
P2998. Le Manifeste Chap. Savoir-vivre révolutionnaire
pour gentleman moderne, *Gustav Temple, Vic Darkwood*
P2999. Comment j'ai vidé la maison de mes parents, *Lydia Flem*
P3000. Lettres d'amour en héritage, *Lydia Flem*
P3001. Enfant de fer, *Mo Yan*
P3002. Le Chapelet de jade, *Boris Akounine*
P3003. Pour l'amour de Rio, *Jean-Paul Delfino*
P3004. Les Traîtres, *Giancarlo de Cataldo*

P3005. Docteur Pasavento, *Enrique Vila-Matas*
P3006. Mon nom est légion, *António Lobo Antunes*
P3007. Printemps, *Mons Kallentoft*
P3008. La Voie de Bro, *Vladimir Sorokine*
P3009. Une collection très particulière, *Bernard Quiriny*
P3010. Rue des petites daurades, *Fellag*
P3011. L'Œil du léopard, *Henning Mankell*
P3012. Les mères juives ne meurent jamais, *Natalie David-Weill*
P3013. L'Argent de l'État. Un député mène l'enquête
René Dosière
P3014. Kill kill faster faster, *Joel Rose*
P3015. La Peau de l'autre, *David Carkeet*
P3016. La Reine des Cipayes, *Catherine Clément*
P3017. Job, roman d'un homme simple, *Joseph Roth*
P3018. Espèce de savon à culotte ! et autres injures d'antan
Catherine Guennec
P3019. Les mots que j'aime et quelques autres…
Jean-Michel Ribes
P3020. Le Cercle Octobre, *Robert Littell*
P3021. Les Lunes de Jupiter, *Alice Munro*
P3022. Journal (1973-1982), *Joyce Carol Oates*
P3023. Le Musée du Dr Moses, *Joyce Carol Oates*
P3024. Avant la dernière ligne droite, *Patrice Franceschi*
P3025. Boréal, *Paul-Émile Victor*
P3026. Dernières nouvelles du Sud
Luis Sepúlveda, Daniel Mordzinski
P3027. L'Aventure, pour quoi faire ?, *collectif*
P3028. La Muraille de lave, *Arnaldur Indridason*
P3029. L'Invisible, *Robert Pobi*
P3030. L'Attente de l'aube, *William Boyd*
P3031. Le Mur, le Kabyle et le marin, *Antonin Varenne*
P3032. Emily, *Stewart O'Nan*
P3033. Les oranges ne sont pas les seuls fruits, *Jeanette Winterson*
P3034. Le Sexe des cerises, *Jeanette Winterson*
P3035. À la trace, *Deon Meyer*
P3036. Comment devenir écrivain quand on vient
de la grande plouquerie internationale, *Caryl Férey*
P3037. Doña Isabel (ou la véridique et très mystérieuse histoire
d'une Créole perdue dans la forêt des Amazones)
Christel Mouchard
P3038. Psychose, *Robert Bloch*
P3039. Équatoria, *Patrick Deville*
P3040. Moi, la fille qui plongeait dans le cœur du monde
Sabina Berman
P3041. L'Abandon, *Peter Rock*
P3042. Allmen et le diamant rose, *Martin Suter*

P3043. Sur le fil du rasoir, *Oliver Harris*
P3044. Que vont devenir les grenouilles ?, *Lorrie Moore*
P3045. Quelque chose en nous de Michel Berger
Yves Bigot
P3046. Elizabeth II. Dans l'intimité du règne, *Isabelle Rivère*
P3047. Confession d'un tueur à gages, *Ma Xiaoquan*
P3048. La Chute. Le mystère Léviathan (tome 1), *Lionel Davoust*
P3049. Tout seul. Souvenirs, *Raymond Domenech*
P3050. L'homme naît grâce au cri, *Claude Vigée*
P3051. L'Empreinte des morts, *C.J. Box*
P3052. Qui a tué l'ayatollah Kanuni ?, *Naïri Nahapétian*
P3053. Cyber China, *Qiu Xiaolong*
P3054. Chamamé, *Leonardo Oyola*
P3055. Anquetil tout seul, *Paul Fournel*
P3056. Marcus, *Pierre Chazal*
P3057. Les Sœurs Brelan, *François Vallejo*
P3058. L'Espionne de Tanger, *María Dueñas*
P3059. Mick. Sex and rock'n'roll, *Christopher Andersen*
P3060. Ta carrière est fi-nie !, *Zoé Shepard*
P3061. Invitation à un assassinat, *Carmen Posadas*
P3062. L'Envers du miroir, *Jennifer Egan*
P3063. Dictionnaire ouvert jusqu'à 22 heures
Académie Alphonse Allais
P3064. Encore un mot. Billets du Figaro, *Étienne de Montety*
P3065. Frissons d'assises. L'instant où le procès bascule
Stéphane Durand-Souffland
P3066. Y revenir, *Dominique Ané*
P3067. J'ai épousé Johnny à Notre-Dame-de-Sion
Fariba Hachtroudi
P3068. Un concours de circonstances, *Amy Waldman*
P3069. La Pointe du couteau, *Gérard Chaliand*
P3070. Lila, *Robert M. Pirsig*
P3071. Les Amoureux de Sylvia, *Elizabeth Gaskell*
P3072. Cet été-là, *William Trevor*
P3073. Lucy, *William Trevor*
P3074. Diam's. Autobiographie, *Mélanie Georgiades*
P3075. Pourquoi être heureux quand on peut être normal ?
Jeanette Winterson
P3076. Qu'avons-nous fait de nos rêves ?, *Jennifer Egan*
P3077. Le Terroriste noir, *Tierno Monénembo*
P3078. Féerie générale, *Emmanuelle Pireyre*
P3079. Une partie de chasse, *Agnès Desarthe*
P3080. La Table des autres, *Michael Ondaatje*
P3081. Lame de fond, *Linda Lê*
P3082. Que nos vies aient l'air d'un film parfait, *Carole Fives*
P3083. Skinheads, *John King*

P3084. Le bruit des choses qui tombent, *Juan Gabriel Vásquez*
P3085. Quel trésor !, *Gaspard-Marie Janvier*
P3086. Rêves oubliés, *Léonor de Récondo*
P3087. Le Valet de peinture, *Jean-Daniel Baltassat*
P3088. L'État au régime. Gaspiller moins pour dépenser mieux
René Dosière
P3089. Refondons l'école. Pour l'avenir de nos enfants
Vincent Peillon
P3090. Vagabond de la bonne nouvelle, *Guy Gilbert*
P3091. Les Joyaux du paradis, *Donna Leon*
P3092. La Ville des serpents d'eau, *Brigitte Aubert*
P3093. Celle qui devait mourir, *Laura Lippman*
P3094. La Demeure éternelle, *William Gay*
P3095. Adulte ? Jamais. Une anthologie (1941-1953)
Pier Paolo Pasolini
P3096. Le Livre du désir. Poèmes, *Leonard Cohen*
P3097. Autobiographie des objets, *François Bon*
P3098. L'Inconscience, *Thierry Hesse*
P3099. Les Vitamines du bonheur, *Raymond Carver*
P3100. Les Trois Roses jaunes, *Raymond Carver*
P3101. Le Monde à l'endroit, *Ron Rash*
P3102. Relevé de terre, *José Saramago*
P3103. Le Dernier Lapon, *Olivier Truc*
P3104. Cool, *Don Winslow*
P3105. Les Hauts-Quartiers, *Paul Gadenne*
P3106. Histoires pragoises, *suivi de* Le Testament
Rainer Maria Rilke
P3107. Œuvres pré-posthumes, *Robert Musil*
P3108. Anti-manuel d'orthographe. Éviter les fautes
par la logique, *Pascal Bouchard*
P3109. Génération CV, *Jonathan Curiel*
P3110. Ce jour-là. Au cœur du commando qui a tué Ben Laden
Mark Owen et Kevin Maurer
P3111. Une autobiographie, *Neil Young*
P3112. Conséquences, *Darren William*
P3113. Snuff, *Chuck Palahniuk*
P3114. Une femme avec personne dedans, *Chloé Delaume*
P3115. Meurtre au Comité central, *Manuel Vázquez Montalbán*
P3116. Radeau, *Antoine Choplin*
P3117. Les Patriarches, *Anne Berest*
P3118. La Blonde et le Bunker, *Jakuta Alikavazovic*
P3119. La Contrée immobile, *Tom Drury*
P3120. Peste & Choléra, *Patrick Deville*
P3121. Le Veau *suivi de* Le Coureur de fond, *Mo Yan*
P3122. Quarante et un coups de canon, *Mo Yan*
P3123. Liquidations à la grecque, *Petros Markaris*

P3124. Baltimore, *David Simon*
P3125. Je sais qui tu es, *Yrsa Sigurdardóttir*
P3126. Le Regard du singe
Gérard Chaliand, Patrice Franceschi, Sophie Mousset
P3127. Journal d'un mythomane. Vol. 2 : Une année particulière
Nicolas Bedos
P3128. Autobiographie d'un menteur, *Graham Chapman*
P3129. L'Humour des femmes, *The New Yorker*
P3130. La Reine Alice, *Lydia Flem*
P3131. Vies cruelles, *Lorrie Moore*
P3132. La Fin de l'exil, *Henry Roth*
P3133. Requiem pour Harlem, *Henry Roth*
P3134. Les mots que j'aime, *Philippe Delerm*
P3135. Petit Inventaire des plaisirs belges, *Philippe Genion*
P3136. La faute d'orthographe est ma langue maternelle
Daniel Picouly
P3137. Tombé hors du temps, *David Grossman*
P3138. Petit oiseau du ciel, *Joyce Carol Oates*
P3139. Alcools (illustrations de Ludovic Debeurme)
Guillaume Apollinaire
P3140. Pour une terre possible, *Jean Sénac*
P3141. Le Baiser de Judas, *Anna Grue*
P3142. L'Ange du matin, *Arni Thorarinsson*
P3143. Le Murmure de l'ogre, *Valentin Musso*
P3144. Disparitions, *Natsuo Kirino*
P3145. Le Pont des assassins, *Arturo Pérez-Reverte*
P3146. La Dactylographe de Mr James, *Michiel Heyns*
P3147. Télex de Cuba, *Rachel Kushner*
P3148. Promenades avec les hommes, *Ann Beattie*
P3149. Le Roi Lézard, *Dominique Sylvain*
P3150. Scènes de la vie quotidienne à l'Élysée
Camille Pascal
P3151. Je ne t'ai pas vu hier dans Babylone
António Lobo Antunes
P3152. Le Condottière, *Georges Perec*
P3153. La Circassienne, *Guillemette de Sairigné*
P3154. Au pays du cerf blanc, *Chen Zhongshi*
P3155. Juste pour le plaisir, *Mercedes Deambrosis*
P3156. Trop près du bord, *Pascal Garnier*
P3157. Seuls les morts ne rêvent pas.
La Trilogie du Minnesota, vol. 2, *Vidar Sundstøl*
P3158. Le Trouveur de feu, *Henri Gougaud*
P3159. Ce soir, après la guerre, *Viviane Forrester*
P3160. La semaine où Jérôme Kerviel a failli faire sauter
le système financier mondial. Journal intime
d'un banquier, *Hugues Le Bret*

P3161. La Faille souterraine. Et autres enquêtes
Henning Mankell
P3162. Les deux premières enquêtes cultes de Wallander :
Meurtriers sans visage & Les Chiens de Riga
Henning Mankell
P3163. Brunetti et le mauvais augure, *Donna Leon*
P3164. La Cinquième Saison, *Mons Kallentoft*
P3165. Les Nouvelles Enquêtes du Juge Ti :
Panique sur la Grande Muraille
& Le Mystère du jardin chinois, *Frédéric Lenormand*
P3166. Rouge est le sang, *Sam Millar*
P3167. L'Énigme de Flatey, *Viktor Arnar Ingólfsson*
P3168. Goldstein, *Volker Kutscher*
P3169. Mémoire assassine, *Thomas H. Cook*
P3170. Le Collier de la colombe, *Raja Alem*
P3171. Le Sang des maudits, *Leighton Gage*
P3172. La Maison des absents, *Tana French*
P3173. Le roi n'a pas sommeil, *Cécile Coulon*
P3174. Rentrez chez vous Bogner, *Heinrich Böll*
P3175. La Symphonie des spectres, *John Gardner*
P3176. À l'ombre du mont Nickel, *John Gardner*
P3177. Une femme aimée, *Andreï Makine*
P3178. La Nuit tombée, *Antoine Choplin*
P3179. Richard W., *Vincent Borel*
P3180. Moi, Clea Shine, *Carolyn D. Wall*
P3181. En ville, *Christian Oster*
P3182. Apprendre à prier à l'ère de la technique
Gonçalo M. Tavares
P3183. Vies pøtentielles, *Camille de Toledo*
P3184. De l'amour. *Textes* tendrement *choisis*
par Elsa Delachair
P3185. La Rencontre. *Textes* amoureusement *choisis*
par Elsa Delachair
P3186. La Vie à deux. *Textes* passionnément *choisis*
par Elsa Delachair
P3187. Le Chagrin d'amour. *Textes* rageusement *choisis*
par Elsa Delachair
P3188. Le Meilleur des jours, *Yassaman Montazami*
P3189. L'Apiculture selon Samuel Beckett, *Martin Page*
P3190. L'Affaire Cahuzac. En bloc et en détail, *Fabrice Arfi*
P3191. Vous êtes riche sans le savoir
Philippe Colin-Olivier et Laurence Mouillefarine
P3192. La Mort suspendue, *Joe Simpson*
P3193. Portrait de l'aventurier, *Roger Stéphane*
P3194. La Singulière Tristesse du gâteau au citron, *Aimee Bender*
P3195. La Piste mongole, *Christian Garcin*

P3196. Régime sec, *Dan Fante*
P3197. Bons baisers de la grosse barmaid.
Poèmes d'extase et d'alcool, *Dan Fante*
P3198. Karoo, *Steve Tesich*
P3199. Une faiblesse de Carlotta Delmont, *Fanny Chiarello*
P3200. La Guerre des saints, *Michela Murgia*
P3201. DRH, le livre noir, *Jean-François Amadieu*
P3202. L'homme à quel prix ?, *Cardinal Roger Etchegaray*
P3203. Lumières de Pointe-Noire, *Alain Mabanckou*
P3204. Ciel mon moujik ! Et si vous parliez russe sans le savoir ?
Sylvain Tesson
P3205. Les mots ont un sexe. Pourquoi « marmotte »
n'est pas le féminin de « marmot »,
et autres curiosités de genre, *Marina Yaguello*
P3206. L'Intégrale des haïkus, *Bashō*
P3207. Le Droit de savoir, *Edwy Plenel*
P3208. Jungle Blues, *Roméo Langlois*
P3209. Exercice d'abandon, *Catherine Guillebaud*
P3210. Le Roman de Bergen. 1999 Le crépuscule – tome V
Gunnar Staalesen
P3211. Le Roman de Bergen. 1999 Le crépuscule – tome VI
Gunnar Staalesen
P3212. Amie de ma jeunesse, *Alice Munro*
P3213. Le Roman du mariage, *Jeffrey Eugenides*
P3214. Les baleines se baignent nues, *Eric Gethers*
P3215. Shakespeare n'a jamais fait ça, *Charles Bukowski*
P3216. Ces femmes qui ont réveillé la France
Valérie Bochenek, Jean-Louis Debré
P3217. Poèmes humains, *César Vallejo*
P3218. Mantra, *Rodrigo Fresán*
P3219. Guerre sale, *Dominique Sylvain*
P3220. Arab Jazz, *Karim Miske*
P3221. Du son sur les murs, *Frantz Delplanque*
P3222. 400 coups de ciseaux et autres histoires
Thierry Jonquet
P3223. Brèves de noir, *collectif*
P3224. Les Eaux tumultueuses, *Aharon Appelfeld*
P3225. Le Grand Chambard, *Mo Yan*
P3226. L'Envers du monde, *Thomas B. Reverdy*
P3227. Comment je me suis séparée de ma fille
et de mon quasi-fils, *Lydia Flem*
P3228. Avant la fin du monde, *Boris Akounine*
P3229. Au fond de ton cœur, *Torsten Pettersson*
P3230. Je vais passer pour un vieux con
Et autres petites phrases qui en disent long
Philippe Delerm

P3231. Chienne de langue française ! Répertoire tendrement agacé des bizarreries du français, *Fabian Bouleau*
P3232. 24 jours, *Ruth Halimi et Émilie Frèche*
P3233. Aventures en Guyane. Journal d'un explorateur disparu *Raymond Maufrais*
P3234. Une belle saloperie, *Robert Littell*
P3235. Fin de course, *C.J. Box*
P3236. Corbeaux. La Trilogie du Minnesota, vol. 3 *Vidar Sundstøl*
P3237. Le Temps, le temps, *Martin Suter*
P3238. Nouvelles du New Yorker, *Ann Beattie*
P3239. L'Embellie, *Audur Ava Ólafsdóttir*
P3240. Boy, *Takeshi Kitano*
P3241. L'Enfance des criminels, *Agnès Grossmann*
P3242. Police scientifique : la révolution. Les vrais experts parlent, *Jacques Pradel*
P3243. Femmes serials killers. Pourquoi les femmes tuent ?, *Peter Vronsky*
P3244. L'Histoire interdite. Révélations sur l'Histoire de France, *Franck Ferrand*
P3245. De l'art de mal s'habiller sans le savoir *Marc Beaugé (illustrations de Bob London)*
P3246. Un homme loyal, *Glenn Taylor*
P3247. Rouge de Paris, *Jean-Paul Desprat*
P3248. Parmi les disparus, *Dan Chaon*
P3249. Le Mystérieux Mr Kidder, *Joyce Carol Oates*
P3250. Poèmes de poilus. Anthologie de poèmes français, anglais, allemands, italiens, russes (1914-1918)
P3251. Étranges Rivages, *Arnaldur Indridason*
P3252. La Grâce des brigands, *Véronique Ovaldé*
P3253. Un passé en noir et blanc, *Michiel Heyns*
P3254. Anagrammes, *Lorrie Moore*
P3255. Les Joueurs, *Stewart O'Nan*
P3256. Embrouille en Provence, *Peter Mayle*
P3257. Parce que tu me plais, *Fabien Prade*
P3258. L'Impossible Miss Ella, *Toni Jordan*
P3259. La Politique du tumulte, *François Médéline*
P3260. La Douceur de la vie, *Paulus Hochgatterer*
P3261. Niceville, *Carsten Stroud*
P3262. Les Jours de l'arc-en-ciel, *Antonio Skarmeta*
P3263. Chronic City, *Jonathan Lethem*
P3264. À moi seul bien des personnages, *John Irving*
P3265. Galaxie foot. Dictionnaire rock, historique et politique du football, *Hubert Artus*
P3266. Patients, *Grand Corps Malade*
P3267. Les Tricheurs, *Jonathan Kellerman*

P3268. Dernier refrain à Ispahan, *Naïri Nahapétian*

P3269. Jamais vue, *Alafair Burke*

P3270. Homeland. La traque, *Andrew Kaplan*

P3271. Les Mots croisés du journal «Le Monde». 80 grilles
Philippe Dupuis

P3272. Comment j'ai appris à lire, *Agnès Desarthe*

P3273. La Grande Embrouille, *Eduardo Mendoza*

P3274. Sauf miracle, bien sûr, *Thierry Bizot*

P3275. L'Excellence de nos aînés, *Ivy Compton-Burnett*

P3276. Le Docteur Thorne, *Anthony Trollope*

P3277. Le Colonel des Zouaves, *Olivier Cadiot*

P3278. Un privé à Tanger, *Emmanuel Hocquard*

P3279. Kind of blue, *Miles Corwin*

P3280. La fille qui avait de la neige dans les cheveux
Ninni Schulman

P3281. L'Archipel du Goulag, *Alexandre Soljénitsyne*

P3282. Moi, Giuseppina Verdi, *Karine Micard*

P3283. Les oies sauvages meurent à Mexico, *Patrick Mahé*

P3284. Le Pont invisible, *Julie Orringer*

P3285. Brèves de copies de bac

P3286. Trop de bonheur, *Alice Munro*

P3287. La Parade des anges, *Jennifer Egan*

P3288. Et mes secrets aussi, *Line Renaud*

P3289. La Lettre perdue, *Martin Hirsch*

P3290. Mes vies d'aventures. L'homme de la mer Rouge
Henry de Monfreid

P3291. Cruelle est la terre des frontières.
Rencontre insolite en Extrême-Orient, *Michel Jan*

P3292. Madame George, *Noëlle Châtelet*

P3293. Contrecoup, *Rachel Cusk*

P3294. L'Homme de Verdigi, *Patrice Franceschi*

P3295. Sept pépins de grenade, *Jane Bradley*

P3296. À qui se fier ?, *Peter Spiegelman*

P3297. Dernière conversation avec Lola Faye, *Thomas H. Cook*

P3298. Écoute-moi, Amirbar, *Álvaro Mutis*

P3299. Fin de cycle. Autopsie d'un système corrompu
Pierre Ballester

P3300. Canada, *Richard Ford*

P3301. Sulak, *Philippe Jaenada*

P3302. Le Garçon incassable, *Florence Seyvos*

P3303. Une enfance de Jésus, *J.M. Coetzee*

P3304. Berceuse, *Chuck Palahniuk*

P3305. L'Homme des hautes solitudes, *James Salter*

P3306. Sur la tombe de ma mère, *Jean Gab'1*

P3307. Le Pacte des vierges, *Vanessa Schneider*

P3308. Le Livre de Jonas, *Dan Chaon*

P3309. Guillaume et Nathalie, *Yanick Lahens*
P3310. Bacchus et moi, *Jay McInerney*
P3311. Plus haut que mes rêves, *Nicolas Hulot*
P3312. Cela devient cher d'être pauvre, *Martin Hirsch*
P3313. Sarkozy-Kadhafi. Histoire secrète d'une trahison
Catherine Graciet
P3314. Le monde comme il me parle, *Olivier de Kersauson*
P3315. Techno Bobo, *Dominique Sylvain*
P3316. Première station avant l'abattoir, *Romain Slocombe*
P3317. Bien mal acquis, *Yrsa Sigurdardottir*
P3318. J'ai voulu oublier ce jour, *Laura Lippman*
P3319. La Fin du vandalisme, *Tom Drury*
P3320. Des femmes disparaissent, *Christian Garcin*
P3321. La Lucarne, *José Saramago*
P3322. Chansons. L'intégrale 1 (1967-1980), *Lou Reed*
P3323. Chansons. L'intégrale 2 (1982-2000), *Lou Reed*
P3324. Le Dictionnaire de Lemprière, *Lawrence Norfolk*
P3325. Le Divan de Staline, *Jean-Daniel Baltassat*
P3326. La Confrérie des moines volants, *Metin Arditi*
P3327. L'Échange des princesses, *Chantal Thomas*
P3328. Le Dernier Arbre, *Tim Gautreaux*
P3329. Le Cœur par effraction, *James Meek*
P3330. Le Justicier d'Athènes, *Petros Markaris*
P3331. La Solitude du manager, *Manuel Vázquez Montalbán*
P3332. Scènes de la vie d'acteur, *Denis Podalydès*
P3333. La vérité sort souvent de la bouche des enfants
Geneviève de la Bretesche
P3334. Crazy Cock, *Henry Miller*
P3335. Soifs, *Marie-Claire Blais*
P3336. L'Œuvre de Dieu, la part du Diable, *John Irving*
P3337. Des voleurs comme nous, *Edward Anderson*
P3338. Nu dans le jardin d'Éden, *Harry Crews*
P3339. Une vérité si délicate, *John le Carré*
P3340. Le Corps humain, *Paolo Giordano*
P3341. Les Saisons de Louveplaine, *Cloé Korman*
P3342. Sept femmes, *Lydie Salvayre*
P3343. Les Remèdes du docteur Irabu, *Hideo Okuda*
P3344. Le Dernier Seigneur de Marsad, *Charif Majdalani*
P3345. Primo, *Maryline Desbiolles*
P3346. La plus belle histoire des femmes
Françoise Héritier, Michelle Perrot, Sylviane Agacinski, Nicole Bacharan
P3347. Le Bidule de Dieu. Une histoire du pénis
Tom Hickman
P3348. Le Grand Café des brèves de comptoir
Jean-Marie Gourio